感悟一生的故事

真情 故事

曹金洪　编著

北方妇女儿童出版社
·长春·

图书在版编目（CIP）数据

真情故事 / 曹金洪编著 . –– 长春：北方妇女儿童出版社, 2010.6（2024.3重印）
（感悟一生的故事）
ISBN 978-7-5385-4655-2

Ⅰ.①真… Ⅱ.①曹… Ⅲ.①故事 – 作品集 – 世界
Ⅳ.①I14

中国版本图书馆CIP数据核字(2010)第083503号

真情故事
ZHENQING GUSHI

出 版 人	师晓晖	
策 划 人	陶　然	
责任编辑	于　潇　刘聪聪	
开　　本	710mm×1000mm　1/16	
印　　张	11.5	
字　　数	200千字	
版　　次	2010年6月第1版	
印　　次	2024年3月第6次印刷	
印　　刷	旭辉印务（天津）有限公司	
出　　版	北方妇女儿童出版社	
发　　行	北方妇女儿童出版社	
地　　址	长春市福祉大路5788号	
电　　话	总编办：0431-81629600	

定　　价　49.80元

前言

是浮华的风带不走燥热的怅然，是盲动的雷也震不醒驿动的灵魂。这世间的一切，太多的幻想，太多的浮华，太多的……只有呼吸着的每一天，才感受到她的价值，她的真实。此刻，生命对于我们来说，只有一次，可以把握，可以珍惜。

于万千红尘中，我们不停地奔波着，劳碌着，快乐着也痛苦着，其目的就是为着生活，为着活着的质量。是血浓于水的亲情带着我们赤裸裸地来到这个尘世，当我们响亮的第一次啼哭，带给父母这一辈子最动听的音乐的同时，我们便与亲情紧密相连，永不可分了。也许前行的路荆棘丛生，也许前行的路坑坑洼洼，也许前行的路一马平川，但我们只要带着亲人们真切的惦念，带着亲人们殷殷的祈盼，就不会迷失前进的方向，就不会沉沦于泥潭沼泽里而不能自拔。

历经人生沧桑时，或许有种失落感，或许感到形单影只，这时，总会有一种朋友，无须形影相随，无须感天动地，无须多言，便心灵交汇，又能获得心灵的慰藉；在饱受风霜时，总会有一种朋友，无须大肆渲染，无须礼尚往来，无须唯美的表达方式，就能深深地感受到一种力量与信心，就能驱动前行的脚步。朋友无须多而在于精，友情也不必锦上添花，而在于雪中送炭。

童话故事里，我们经常看到王子吻醒了沉睡的公主，或是公主吻到中了魔法的青蛙，便可以幸福地结合在一起，永不分开。在这世上，也许有一份真爱可以彼此刻骨铭心到地老天荒，也许有一种真情彼此生死相依到海枯石烂。而这份真情、这份真爱却因世事的沧桑而深入到人们的骨子里，成为人们心中永恒的痛。

爱，有时，真的就是一种感觉，一种魂牵梦萦的感觉；有时，真的就是一种意境，一种心手相携的意境；有时，又会是一种情怀，一种两情相悦的情怀……

也许，真的如他人所说吧，亲情、友情、爱情，抑或其他值得珍惜的情谊，只是一种修为。所有的绝美，也许应该有一个绝美的演绎过程。我们所能做的，就只有把这种"永存"记录下来，让更多人从中获得感悟，获得启迪。

岁月如歌，有一些智慧启发我们的思想；有一些感悟陪伴我们的成长；有一些亲情温暖我们的心房；有一些哲理让我们终生受益；有一些经历让我们心怀感恩……还有一些故事更让我们信心百倍，前进不止。一个个经典的小故事，是灵魂的重铸，是生命的解构，是情感的宣泄，是生机的鸟瞰，是探索的畅想。

这套丛书经过精心筛选，分别从不同角度，用故事记录了人生历程中的绝美演绎。

本套丛书共20本，包括成长故事、励志故事、哲理故事、推理故事、感恩故事、心态故事、青春故事、智慧故事、人格故事、爱情故事、寓言故事、爱心故事、美德故事、真情故事、感恩老师、感悟友情、感悟母爱、感悟父爱、感悟生活、感悟生命，每册书选编了最有价值的文章。读之，如一缕春风，沁人心脾。这些可贵的精神食粮，或许能指引着我们感悟"真""善""美"的真正内涵，守住内心的一份恬静。

通过这套丛书，我们不求每个人都幸福，但求每个人都明白自己在生活。在明白生命的价值后，才能够在经历无数挫折后依然能坦然地生活！

目录
Contents

🌂 一句话，一辈子

真爱在心中

爱在点滴之间

无价之宝

爱神与死亡

🌂 生死爱情

一句话，一辈子

有的人会用一生去实现他的诺言，有的人会用一生去寻找他的爱，尽管她始终得不到那份爱，她也心甘情愿。她默默地为他做所有的事，默默地为他分享痛苦，她的良苦用心始终也没有换回他的爱，直到死。这份爱太沉，为了这份爱，她付出了一生。

变成河的女人

佟 彤

因为心疼所爱的男人，女人便选择了一种如水般的温柔，呵护她的男人。

他成为单身父亲的时候，女儿刚7岁。在肿瘤医院送走了那个善良女人之后，女儿的小手抓了他一整天。从此，他开始娇惯女儿。女人说："我也是因为他的那个样子喜欢上他的……那天，他带着女儿去春游，他牵着她的手并排走，很称职的一个慈父。"他们的爱情是在那之后不久开始的。"你知道吗，你做父亲的样子比做情人还要好，温厚极了。"这是她对他说的第一句情话。

已经13岁的女孩儿，说什么也不让她进家。他为三个人见面准备的晚饭，在厨房里摆了三天之后倒掉了，女儿翻出母亲的一张照片，放大，摆在他预定的新房里……

他们只好重新坐回以前约会时常去的那家茶馆里。

她是独生女儿，家庭很传统，年老的父母用担心的眼光猜测着她的初恋。他去过她家。她父亲独自坐了一夜之后才说话："挺沉稳的，年纪大，就大了吧……"她听见父亲轻轻地叹了一口气。他第二天带她去买了戒指，婚礼定在开春后的第一个星期天。

现在，他坐在茶馆的椅子上，低着头，无话。她靠近他，蹲在身边，很近地看着他的脸。男人的眼睛布满红丝，那是从女儿那里得到的败绩。她觉得什么东西被打翻了，心慢慢地溶化成甜蜜的太妃糖软得没有力气怨恨。

她知道，来年的婚礼不会有了，因为一个倔犟的小女孩儿。

第二年春天，女儿和同学去春游，汽车翻在高速公路上。女孩儿躺在父亲面前的遗体完好无损。他呆坐在医院抢救室外的椅子上，两手扶着膝盖，低着头，一缕头发挡在眼前。她第一时间赶去，走廊里没人，灯坏了，光线很暗。他一把抓住了她的胳膊，因为无望，手上有种可以扣进她肌肤的气力。她把他的头紧紧揽在怀里，用两条胳膊护着……

一个不能谈论爱情的故事，却始终被爱情搀扶着，直到爱情过早地煎熬成了亲情。

他们最终没有结婚，因为他在失去女儿之后忽然间老了，再没了做丈夫的激情。但她却瞒着老父老母说是登了记，然后堂而皇之地搬进了他的家，不是因为没有了倔犟的女孩儿，而是因为她爱着的男人正没人心疼呢！

女人开始洗涮、做饭，张罗着生活，预想中的烂漫似乎已经淹没在了现实的日子中。

女人在闲下来的时候想想就笑了："我以为找到了一座山，没想到自己先变成了一条河……"

心灵 寄语

生活就是这样，爱一个人好难，你必须有足够的勇气，有足够的耐心。人们说男人是山，女人是河，男人是树，女人是小鸟，男人永远是女人的靠山。其实有的时候，男人也有脆弱的一面，那么，就让两个人肩并着肩，一起扛起生活的重担。

救　助

沛　南

　　夏天的一个午后，我给放在阳台上的几盆花木浇水。在浇石榴时，看到有几只黄蚂蚁浮在水面挣扎着，我知道，蚂蚁虽不会游泳，但它们是些生命力极强的小生灵。我没有对它们实施救援，因为花盆中的水几分钟后就会渗下去，蚂蚁们就可以自由着陆了，决无生命危险的。

　　不一会儿，水没有了。几只蚂蚁在湿漉漉的泥土上又恢复了正常活动，但有两只不幸的黄蚂蚁被湿泥埋住了半截身子，在那里努力挣扎着向外爬，可又爬不出来。我想我还是应该做点儿什么，来助这两个遇难者一臂之力。我必须找一个细小的工具。不然，用手指或稍微粗点儿的棍棒，都有可能将救助变成杀生。但是，当我从室内取了一枚大头针走出来时，一件意想不到的事情发生了：两只被埋的蚂蚁正被另外两只同伴在救助着，那两只来救助的黄蚂蚁正在用力向外拉扯它们的同伴。我放弃了最初的念头，看着这两只英勇救助的同伴，静静地感受着这个令我感动的情景。

　　一只蚂蚁先被同伴救了出来，另一只在救助者的努力拉扯下，也从泥土中拔出了身子。它们在小心翼翼地向四周试探了一番后，便迅速地逃离了。奇怪的是，有一只救援的黄蚂蚁，在救出同伴后并没有立即离开，而是在救助现场继续衔咬泥土，似乎下面还有什么东西被埋着，我想看个究竟，就没有打扰它。不久，我看到有一对小小的触角晃动着露了出来，原来下面还有一只遇难的蚂蚁。这次我必须要帮助它们了，因为这场"水灾"是我造成的。我在这些小小生灵面前是应该负责的，甚至可以说是罪过。

我极其小心地用针尖挑开泥土，果然有一只小蚂蚁露了出来。救助的黄蚂蚁看到同伴后立即上前去亲吻触摸，并试图将它衔走。这时被救助的蚂蚁已经恢复过来，与救助的蚂蚁互相用触角碰了一下，便一起离开了。

我不是昆虫学家，不知道蚂蚁的救助行为是一种偶然还是自然的本能，但我觉得在这一点上它们确实是表现出了一种我们人类所应该具有的精神。

心灵 寄语

蚂蚁虽小，但它们具有团队精神，也许我们人类正是应该学习蚂蚁救助同类的这种锲而不舍的精神。我又仿佛看到"5·12"四川汶川地震人们采取自救的场面，多少人冒着生命危险在余震不断的废墟上拼命地救助那些被埋在废墟里的人，他们不正是发扬了那种锲而不舍的团队精神吗？

亲情铸成的大义

流　沙

　　我是一朵白云，亲情便是包容我的蓝天；我是一棵绿树，亲情便是滋养我的土地；我是一只飞鸟，亲情便是庇护我的森林；我是一泓清泉，亲情便是拥抱我的山峦。

　　一位农民从外地打工返乡，乘车赶往自己的老家。到了离家50里的地方，他突然感到自己身体不适，发热、咳嗽，从新闻中他看到过"非典"症状的宣传，联系自己的症状，心头便是一惊。

　　他想如果自己是"非典"感染者，那么一车人就会被感染。他让司机把车停下来，自己走下车，慢慢步行回家。那几十里路他走了很长时间。到了村口，已口干舌燥，真想回家喝一碗凉茶，马上见到他的妻子和老父亲。但他却停止了脚步。他怕自己的疾病传染给亲人和乡亲。

　　他就站在村口，大声唤着妻子的名字，他的妻子闻讯赶来了，他让妻子给他端一碗水，摆在村口的一块大石头上，然后让妻子走远些，不要靠自己太近，水喝完了，他对妻子说："把父亲叫来。"

　　妻子就把他的老父亲扶来了。他双膝跪下，朝老父磕了一个头，说："孩儿可能得了'非典'，这就上医院去，您老人家多保重。"

说完，他在老父亲和妻子的眼泪中独自步行去了医院。

庆幸的是，他患的不是"非典"。

这是一个真实的故事，发生在江苏丰县。市委书记听到这个故事后，不禁感慨万千，盛赞这位名叫张元俊的大义农民。儿女之情仿佛与大义相去甚远。常人看来，大义者必置儿女之情于度外，有其无以复加的高尚觉悟。但在这非常时期，这位农民兄弟恰恰用这些零碎或许有些家长里短的情感构建了令人动容的大义之举，却没有让人感到一丝的琐碎和自私。

滴水可见海，众涓汇成洋，世间之大义，皆同此理呀。

心灵寄语

一个普通的外地打工农民，以他的大义，感动了所有的人，在疾病面前，他选择了无私。和不久前报纸上的一个归国留学生，明知自己可能感染上了H1N1，却不自觉隔离，以致造成别人被感染的事件形成了鲜明的对比。

深情的一躬

碧 巧

上初三的时候，人气最高的是教语文的孙老师。他不但讲课很有特色，待人处世也是无可挑剔。最叫人难忘的是每堂课上班长喊起立之后，他总要鞠躬还礼后才正式上课。

孙老师最讲信用，答应我们什么事，他总会做到。对学生来说，孙老师就是我们学习做人的一本活教材。孙老师所说、所做的，几乎成了我们的行动指南。

中考前几天的一个下午，第三节课是语文辅导课。

上课铃打响，进来的却不是孙老师，而是我们的班主任李老师。

"同学们，孙老师有点儿事情，不能来上课了。不过他让我转告大家，放学前，他一定赶回来，把大家的课补上去。"

那时我们还小，谁也没有去想孙老师会有什么事，也没有人想问，但大家都认为，孙老师到时候一定会来上课。

放学的铃声响了，孙老师还是没有来。

大家谁也没有动，因为同学们都相信，孙老师一定会来。时间一分一秒地过去，教室外站满了接孩子的家长。一刻钟过去了，不少家长走进教室领孩子，但没有同学走。

"孙老师说了，他一定会回来的。"

校长过来了，他轻声告诉大家，一个小时前，孙老师的家属出了车祸，正在医院抢救。孙老师可能不会回来了，大家可以回家了。不少家长再次走进教室领孩子，但依然没有人动，同学们还是认为，孙老师说过他会回来，就一定会回来，他一定会回来的。

当教室里正因家长劝孩子回家而出现骚动时，孙老师的身影出现了。他来不及擦掉额头的汗水，就向依然等候在教室外的家长深深地鞠了一躬，连连说了几个"对不起，请原谅"。然后他走进教室，又向我们深深地鞠了一躬："对不起，让大家久等了，今天就不必起立了，我们直接上课。"

教室内外静得出奇。

孙老师平静地讲完了准备的课程，再次向同学们深深地鞠了一躬："谢谢大家的支持。我还有点儿事，有什么不明白的，明天继续。"

然后，对着教室外的家长们又是深鞠一躬："给你们添麻烦了，请多原谅。"

不一会儿，他的身影消失在全体同学和家长的目光中。

中考后我们才知道，孙老师的家属在那一次车祸中去世了。

同学们泣不成声。

心灵 寄语

教书育人，这是一个人民教师的天职，一个合格的教师应该是为人师表。如果把孩子比作小树，那么教师就是辛勤的园丁。小树没有人修剪，没有人浇水，是不能成才的。小树，为了那些辛勤的园丁，快快长大吧！

邮递爱的气息

雪 翠

每一根为爱情砍断的竹竿子，都必然有它被砍断的神圣理由。

有一天，一位先生要寄东西，问英有没有盒子卖，英拿纸盒给他看。他摇摇头说："这太软了，不经压。有没有木盒子？"英问："你是要寄贵重物品吗？"他连忙说："是的是的，贵重物品。"英给他换了一个精致的木盒。他拿过那个木盒，左看右看，似乎在测试它的舒适度，他满意地朝英点了点头。接下来，他就从衣袋里掏出了所谓的"贵重物品"——居然是一颗红色的、压扁的塑料心！只见他拔下气嘴上的塞子，挤净里面的空气，憋足气，一下子吹鼓了那颗心。

那颗心躺在盒子里，大小正合适。

直到这时，英才明白这位先生要邮寄的乃是一颗充足气的塑料心。英不由得想起古代那个砍断了竹竿子进城门的蠢货。英强忍住笑说："其实你大可不必这么隆重地邮寄你的物品，我给你称一下这颗心的重量——喏，才6.5克，你把气放掉，放进牛皮纸信封里，寄个挂号不就行了吗？"

那位先生惊讶地（或者不如说是怜悯地）看着英，说："你是真的不懂吗？我和我的恋人天各一方，彼此忍受着难挨的相思之苦，她需要我的声音，也需要我的气息。我送给她的礼物是一缕呼吸——一缕从我胸腔里呼出的气息。应该说，我寄的东西根本就没有分量，这个6.5克重的塑料心和这个几百克重的木盒子，都不过是礼物的包装啊。"听完这位先生的讲述，英的脸莫名地发起烧来。

每一根为爱情砍断的竹竿子，都必然有它被砍断的神圣理由。

心灵寄语

天各一方，一个带有一缕呼吸的塑料心传递着他们的爱情，它不珍贵，但它很沉重，任何天平都称不出它的分量，只有远隔一方的她才能知道，这份爱是一颗真正的心。他把心寄给了她，从此两颗心永远在一起。

一句话，一辈子

凝 丝

有一个女孩子，小的时候腿不利索，常年只能坐在门口看别的孩子玩儿，很寂寞。

有一年的夏天，邻居家的城里亲戚来玩儿，带来了他们的小孩儿，一个比女孩儿大五岁的男孩儿。因为年龄都小的关系，男孩儿和附近的小孩儿很快打成了一片，跟他们一起上山下河，一样晒得很黑，笑得很开心。不同的是，他不会说粗话，而且，他注意到了一个不会走路的小姑娘。

男孩儿第一个把捉到的蜻蜓放在女孩儿的手心，第一个把女孩儿背到了河边，第一个对着女孩儿讲起了故事，第一个告诉她说她的腿是可以治好的。第一个，仔细想来，也是最后一个。

女孩儿难得地有了笑容。

夏天要结束的时候，男孩儿一家人要离开了。女孩儿眼泪汪汪地来送，在他耳边小声地说："我治好腿以后，嫁给你好吗？"男孩儿点点头。

一转眼，20年过去了。男孩儿由一个天真的孩子长成了成熟的男人。他开一间咖啡店，有了一个未婚妻，生活很普通也很平静。有一天，他接到一个电话，一个女子细细的声音说她的腿好了，她来到了这个城市。一时间，他甚至想不起她是谁。他早已忘记了童年某个夏天的故事，忘记了那个脸色苍白的小女孩儿，更忘记了一个孩子善良的承诺。

可是，他还是收留了她，让她在店里帮忙。他发现，她几乎是终日沉默的。可是他没有时间关心她，他的未婚妻怀上了别人的孩子。他羞愤交加，扔掉了所有准备结婚用的东西，日日酗酒，变得狂暴易怒，连家人都疏远了他，生意更是无心打理，不久，他就大病一场。

这段时间里，她一直守在他身边，照顾他，容忍他酒醉时的打骂，更独立撑着摇摇欲坠的小店。她学到了很多东西，也累得骨瘦如柴，可眼睛里，总跳跃着两点神采。

半年之后，他终于康复了。面对她做的一切，只有感激。他把店送给她，她执意不要，他只好宣布她是一半的老板。在她的帮助下，他又慢慢振作了精神，他把她当作是至交的好友，掏心掏肺地对她倾诉，她依然是沉默地听着。

他不懂她在想什么，他只是需要一个耐心的听众而已。

这样又过了几年，他也交了几个女朋友，都不长。他找不到感觉了。她也是，一直独身。他发现她其实是很素雅的，风韵天成，不乏追求者。他笑她心高，她只是笑笑。

终有一天，他厌倦了自己平静的状态，决定出去走走。拿到护照之前，他把店里的一切正式交给了她。这一次，她没再反对，只是说，为他保管，等他回来。

在异乡漂泊的日子很苦，可是在这苦中，他却找到了开阔的眼界和胸怀。过去种种悲苦都云淡风轻，他忽然发现，无论疾病或健康，贫穷或富裕，如意或不如意，真正陪在他身边的，只有她。他行踪无定，她的信却总是跟在身后，只字片言，轻轻淡淡，却一直觉着温暖。他想是该回去的时候了。

回到家的时候他为她的良苦用心而感动。无论是家里还是店里，他的东西他的位置都一直好好保存着，仿佛随时等着他回来。他大声呼唤她的名字，却无人应答。

店里的新主管告诉他，她因积劳成疾去世已半年了。按她的吩咐，他一直叫专人注意他的行踪，把她留下的几百封信——寄出，为他管理店里的事，为他收拾房子，等他回来。

他把她的遗物交给他，一个蜻蜓的标本，还有一卷录音带，是她的临终遗言。

带子里只有她回光返照时宛如少女般的轻语："我……嫁给你……好吗？……"

抛去27年的岁月，他像孩子一样号啕大哭起来。

没有人知道，有时候，一个女人要用她的一生来说这样一句简单的话。

心灵 寄语

有的人会用一生去实现他的诺言，有的人会用一生去寻找他的爱，尽管她始终得不到那份爱，她也心甘情愿。她默默地为他做所有的事，默默地为他分享痛苦，她的良苦用心始终也没有换回他的爱，直到死。这份爱太沉，为了这份爱，她付出了一生。

哑夫妻

佚 名

他们常说，你听过那对哑夫妻的故事吗？

他是个哑巴，虽然能听懂别人的话，却说不出自己的感受。

她是他的邻居，一个和外婆相依为命的女孩儿，她一直喊他哥哥。

他真像个哥哥，带她上学，伴她玩耍，含笑听她叽叽喳喳地讲话。

他只能用手势和她交谈，可她能读懂他的每一个眼神，从哥哥注视她的目光里，她知道他有多么喜欢自己。

后来她考上了大学，他便开始拼命挣钱，然后源源不断地寄给她，她从没拒绝。

终于，她毕业了，参加了工作。然后，她坚定地对他说："哥，我要嫁给你！"

他像只受惊的兔子逃掉了，再也不肯见她，无论她怎样哀求。

她这样说："你以为我是同情你吗？想报答你吗？不是，从12岁起我就爱上你了。"可是，她得不到他的回答。

有一天，她突然住进了医院。

　　他吓坏了，跑去看她，医生说，她喉咙里长了一个瘤，虽然切除了，却破坏了声带，可能再也讲不了话了，病床上，她泪眼婆娑地注视着他。

　　于是，他们结婚了，很多年以后，没有人听他们讲过一句话，他们用手、用笔、用眼神交谈，分享喜悦和悲伤。

　　他们成了相恋男女羡慕的对象。

　　人们说，那是多么幸福的哑夫妻呀！

　　爱情阻挡不了死神的降临，他撇下她一个人先走了，人们怕她经受不住失去爱侣的打击来安慰她。

　　这时，她收回注视他遗像的呆滞目光，突然开口讲话："爱人已去，谎言也该揭穿了。"

　　人们惊讶之余，都感叹不已，这是一份多么执着、深厚，像童话一样的爱呀！

　　从此，她不再讲话，不久也离开人世。

　　恋爱的男女仍拿他们当谈论的话题，他们常说，你听过那对哑夫妻的故事吗？

心灵寄语

　　一对哑夫妻，虽然他们不能讲话，但他们仍然相爱着，生活的困苦，身体的残疾使两颗心挨得更紧，他们执着的爱，像童话一般美丽。他们不需要语言，他们用肢体语言传达着爱的信息。

钻石项链

静 松

身旁的先生转到她的身后，温柔地将那条黄金镶钻项链为她戴上。

"结婚5年来，我哪一天不是努力地做个称职的家庭主妇？家中大大小小的事我什么时候让他操过心？现在他竟然背着我在外面乱搞。"

小乔像泄了气的皮球，呆坐在化妆镜前，想着想着，鼻头一酸，眼泪掉了下来。

一连几个晚上，先生都趁着她洗澡的时候，偷偷地打电话，一听到她打开浴室的门，就很快地挂上电话筒。一开始她还不以为意，后来觉得有些奇怪，于是就故意开着水龙头，将耳朵贴在浴室门上，听先生说些什么。

她隐约地听到几句话："春宵饭店，就在阳明山温泉路……不见不散……我打了一个好漂亮的镶钻石金项链……"

心生疑问的小乔，一大早起来还没为先生做早饭，就在他的公文包、衣服口袋里乱翻，虽然是想找些蛛丝马迹，但是心头乱糟糟的，却又矛盾地希望什么都没找到。

当小乔纤细的手指触摸到那个绒布盒子时，有些颤抖地竟缩了回来，停顿了一下，她咬咬牙，由先生的西装口袋里掏出盒子，耀眼的一条镶钻石项链几乎闪

17

着了她的眼睛。

想当年结婚时连礼服都差一点儿租不起，草草地完成了终身大事，这么名贵的首饰，也只能隔着金饰店的橱窗看一看，过过眼瘾。这些年来夫妻俩努力打拼，已经小有积蓄，但是小乔已不再像当初那么渴望能有这些首饰了。

小乔沉住气，暗地里希望先生忽然拿出项链挂在她的脖子上，但是一个礼拜过去了，项链不但没给她，也不在西装口袋里了。

大风暴来临之前的宁静，往往沉寂得让人心里发毛。

忙了一整天，小乔里里外外地将家里打扫得一尘不染之后，将一封信塞到皮包里，拎了小皮包正要跨出家门，没想到先生今晚竟然早回来了，一把将小乔拉进车里。

"干什么啦！"小乔坐在车上不高兴地说。

"跟我走就是了。"先生回答。

车子驶上了阳明山温泉路，拐进一个饭店。

咦！春宵饭店。心头充满了疑惑的小乔看了看身边抿着嘴的先生。

小乔跟着先生后面进入了一个大房间。一进门小乔吓了一大跳，一团团彩带、小爆竹对准了夫妻俩，也不管头脸地冲了过来。"结婚5周年快乐！"看着几位多年不见的老同学和亲友，小乔有些激动得不知所措。

身旁的先生转到她的身后，温柔地将那条黄金镶钻项链为她戴上。

望着一室的温馨和欢乐，小乔的手偷偷地伸进了她的小皮包内，搓揉撕碎了一封写着"小乔绝笔"的信。

心灵 寄语

彼此的信任，是爱情的基础，他们能共同走过艰难的岁月，难道还有什么不可信任的？有的时候你可能永远得不到结婚礼物，彼此的信任比任何礼物更重，更值得珍藏。

母 爱

雪翠

　　在一片寂静无语中，它们掉转头，慢慢往回走……

　　这是一个真实的故事。故事发生在西部的青海省——一个极度缺水的沙漠地区。这里，每人每天的用水量严格地限定为三斤，这还得靠驻军从很远的地方运来。日常的饮用、洗漱、洗菜、洗衣，包括喂牲口，全都依赖这三斤珍贵的水。

　　人缺水不行，牲畜也一样，渴呀！终于有一天，一头一直被人们认为憨厚、忠实的老牛渴极了，挣脱了缰绳，强行闯入沙漠里唯一的也是运水车必经的公路。终于，运水的军车来了，老牛以不可思议的识别力，迅速地冲上公路，军车一个紧急刹车戛然而止。老牛沉默地立在车前，任凭驾驶员呵斥驱赶，不肯挪动半步。五分钟过去了，双方依然僵持着。运水的战士以前也碰到过牲口拦路索水的情形，但它们都不像这头牛这般倔犟。人和牛就这样耗着，最后造成了堵车，后面的司机开始骂骂咧咧，性急的司机甚至试图点火驱赶，可老牛不为所动。

　　后来，牛的主人寻来了，恼羞成怒的主人扬起鞭子狠狠地抽打在瘦骨嶙峋的牛背上，牛被打得皮开肉绽、哀哀叫唤，但还是不肯让开。鲜血沁了出来，染红了鞭子，老牛的凄厉哞叫，和着沙漠中阴冷的酷风，显得分外的悲壮。一旁的运水战士哭了，骂骂咧咧的司机也哭了，最后，运水的战士说："就让我违反一次规定吧，我愿意接受一次处分。"他从水车上取出半盆水——正好3斤左右，放在牛面前。出人意料的是，老牛没有喝以死抗争来的水，而是对着夕阳，仰天长哞，似乎在呼唤什么。不远的沙堆背后跑来一头小牛，受伤的老牛慈爱地看着小牛贪婪地喝完水，伸出舌头舔舔小牛的眼睛，小牛也舔舔老牛的眼睛，默默中，人们看到了这对母子眼中的泪水。没等主人吆喝，在一片寂静无语中，它们掉转头，慢慢往回走……

心灵 寄语

　　母爱是伟大的。一头牛用它皮开肉绽的身体，换回了半盆水，留给了它的孩子，这个故事令人深思。伟大的母爱是不可替代的，当你长大成人的时候，你能像母亲对待孩子那样去孝敬母亲吗？

一个婴儿的拥抱

泣 汀

用心拥抱生活，拥抱朋友、家人和亲人，你会觉得生活中处处有阳光。

我们是餐馆里唯一带孩子就餐的顾客，我把伊瑞克放进一把高高的婴儿椅里。突然，伊瑞克高兴地尖叫起来："嘿，嘿……"并兴奋地用手拍打着椅子把手。当伊瑞克咯咯笑着扭动身体时，他的眼睛笑得起了皱纹，嘴巴咧开着，露出了没牙的牙床。我环顾四周，找到了让他快乐的根源。那是一个穿着肥大裤子的老头儿，脚指头从鞋子里钻出来，衬衫很脏。

我们离他比较远，但我相信他身上一定很臭。

那个老头儿的手挥舞着，"嘿，我看见你了，小家伙。"我和丈夫交换了一下眼神，"我们该怎么办？"伊瑞克继续大笑着回答："嘿，嘿。"餐馆里的每个人都看着我们，脸色古怪。

我们点的饭菜来了，那个老头儿大喊："你们点小馅儿饼蛋糕了吗？你们知道躲猫猫（一种把脸一隐一现以逗小孩儿的游戏）吗？嘿，瞧，他知道躲猫猫。"没有人认为那老头儿是可爱的，他显然喝醉了，我和我丈夫感到很困窘。我们默默地吃着饭，伊瑞克则在为那个欣赏他的流浪汉表演自己的拿手好戏，那个老头儿把他大大地赞美了一番。

我们终于吃完了饭，丈夫去结账，我抱着伊瑞克去停车场等他。那老头儿就稳稳地坐在门口。"上帝，让我在他对伊瑞克说话之前顺利地走出去吧。"我在心里祈祷着。当我走近那个老头儿的时候，我转过身，试图横跨一步躲过他，避免他呼出的空气吹到我们脸上。但是，当我这么做的时候，伊瑞克努力把小小的身体向外斜伸出去，张着胳膊，做出"抱抱我"的姿势。我还没来得及阻止他，伊瑞克就已经从我的怀里向那个老头儿扑过去了。

刹那间，一个身上带着臭味的老人和一个乳味小婴儿的爱达到了完美的极致。伊瑞克表现出来的是完全的信任和爱，他温顺地把他的小脑袋靠在老人肩膀上。老人的眼睛紧闭着，我看见泪珠在他的睫毛上闪烁着。他用他充满污垢、痛苦和艰辛劳作的手托着婴儿，抚摩着他的后背。这么短的时间里他们建立起这么深厚的爱，我站在旁边，肃然起敬。老头儿抱着伊瑞克，轻轻地摇着，用一种坚定的、命令的口吻对我说："你要好好照顾这个孩子。"我的喉咙里像卡着一块石头，好不容易才说："我会的。"他颇不情愿地将伊瑞克递给我，看起来非常伤心。我接过伊瑞克，那老头儿又说："愿上帝保佑你，太太，你已经给了我一份最珍贵的礼物。"

我除了低声说"谢谢"之外什么也说不出来。我抱着伊瑞克，向汽车跑去。丈夫看到我哭，并且把伊瑞克抱得那么紧时，他感到莫名其妙，只有我知道为什么。我刚刚目睹了一个看不见善恶、不懂得评判的小孩子表现出来的爱。我的伊瑞克看见的是一个人的内心，而我，他的妈妈，看到的则是一套衣服。这是我的小孩子给我上的最好的一课。

心灵寄语

　　人没有贫富之分，只有善恶之分，有的人虽然身无分文，贫困潦倒，但他们心地善良，有的人虽然腰缠万贯，黄金万两，但他们心地丑陋。有时，孩子的童真会唤起大人的良知。

藏羚羊的跪拜

慕　菡

　　在我的故乡青海高原的牧区流传着一个藏羚羊的故事。

　　有个盗猎分子在山上发现了一群藏羚羊，就在他准备开枪射击时，羊群发现了险情，很快向远处逃散。猎人举枪追击，体格健壮的藏羚羊跑在前面，把小一点儿的羚羊扔在了后面。追到一个峡谷时，其余的藏羚羊都纷纷纵身跳了过去，只丢下一对母子。盗猎者很快追上了落在后面的母子俩。藏羚羊的弹跳能力很强，速度快的时候能跳数米远。还没有完全长大的小羚羊跳不了那么远。很显然，在这种危险的情况下，它要不就是跌入深谷摔个粉身碎骨，要不就是落入盗猎者手中，而母羚羊足以跳过峡谷逃生。

　　盗猎者紧随其后追击，快追到峡谷尽头时，母子俩同时起跳，但是弹跳的那一瞬间母亲放慢了速度，几乎只用了和小羚羊相当的力量。母亲在半空中先于小羚羊下降，小羚羊稳稳地踩在母亲的背上，以此作为支点第二次起跳，顺利地逃到对面的峡谷，而它的母亲却无力第二次起跳，落入深谷摔死了。

　　这一幕让盗猎者震惊了。他跪倒在地，含着泪将罪恶的枪扔到山谷里。

　　尽管，母爱不一定要以自戕为代价，但那一降是母爱的升华，是母爱的至高境界，感天动地；那一跪是良心的觉醒，更是对母爱的至诚敬仰。

一个是爱的牺牲，一个是爱的觉醒。

心灵寄语

藏羚羊的死，引人深思，它用自己的生命保住了自己的孩子，动物天生也有爱的一面。试想：如果没有盗猎者的紧追不舍，藏羚羊也不会掉入山谷。收手吧，为了地球，为了人们赖以生存的大自然，请善待动物保护大自然，也是保护人类。

高贵的情感

凝 丝

20年前，我们这帮地位低下干着粗活儿的建筑工人每天挤着早班车，半睡半醒的我们把蓬乱的头蜷缩在脏兮兮的衣领里面，阴沉着脸，互不搭理。

一天，一个陌生的家伙加入到我们中间。大家懒得多看他一眼，他上车时先和司机打招呼："先生，你好！"在他就座之前又转身朝后面的我们友好地笑笑。司机毫无表情地点点头，其余的人态度冷漠。

第二天，这个家伙情绪高昂地跳上车。他笑容满面地问候："各位早上好！祝大家一天都开开心心！"我们这帮粗人对此感到诧异和莫名其妙，我们中的两三个人愣愣地看了他一眼，不情愿地咕哝着："好！"

第二个星期，我们更惊奇了。这个家伙竟穿上了一套旧式的西服，系着一条同样过时的领带，很明显，他稀疏的头发精心梳理过。他每天都快乐地向我们问好，渐渐地，我们大家也开始偶尔向他点头和搭话了。

一天早晨，这个家伙抱着一束鲜花走进了车厢。"一定是送给你女朋友的吧？查利。"司机微笑着问道。其实，我们不知道他是不是叫查利，但这并不重

要。查利略微害羞地点点头，说是的。

我们这帮人热烈地鼓起掌来，有的还吹起俏皮的口哨。查利鞠躬表示谢意，然后又把那束花高高举起，像芭蕾舞演员一般优美地转了几圈，然后才坐到位子上。我们大家都看呆了，掌声再次响彻车厢。

从那以后，每天早晨，查利都要带一束鲜花上车。鲜花把车厢装点得鲜亮美丽，我们的心情也变得轻松愉悦起来。慢慢地，我们中的有些人也开始带花插入查利的那束花中。我们互相推搡着笨拙慌乱地把花插进去，黝黑的脸上闪着平常难见的柔情，柔情中又透着明显的难为情。"你好！你好！"大家开始笑着互相问长问短，兴致勃勃地开着玩笑，分享着报纸上的各类趣闻。

可是，那个早晨，查利没有像往常那样出现在他等车的老地方。一天、两天、三天过去了。我们猜想他是不是生病了，或者，往好的方向想，他休婚假了。

星期五那天，我们几个人来到查利每次下车后走进去的那家公司，并让司机等我们一会儿。走进那扇大门时，我们每个人都很紧张。

"我们公司没有叫查利的，但从你们描述的情况来看，他应该是我们公司的清洁工人戴文。"接待室的人告诉我们："但是最近几天，他有点儿事没有来公司上班，不过你们放心，他很好。"很多天以后，在老地方，我们果真等来了查利。看见他我们都很高兴，热烈地上前拥抱他，有的人甚至快要哭了。这个原本与我们格格不入的家伙，却给我们这些情感粗硬麻木的建筑工人带来了柔情，用他的鲜花和微笑唤醒了我们内心深处最柔软的东西，让我们学会了传递关爱和快乐，也懂得了分担悲伤和痛苦。"我的一位朋友去世了。"查利说，神情很伤感。此时，我们也都缄默无语了，每个人的眼睛都潮潮的，紧紧握住查利的手。

那一刻我才知道，人与人的情感是一样的，它高贵、温暖、柔软，不能因为生活的艰苦、状况的不堪就忽略它的存在，那些快乐、悲伤、友好、爱情……

我们的手，紧紧地握住了查利的手。

心灵寄语

爱情是属于所有人的，不论你是高贵还是卑贱，不论你是富人还是穷人，都有权利得到爱情。繁重的工作压力，往往让人们忘掉了爱，不懂得爱的人就不懂得生活。

亲爱的宝贝

漠 燕

　　母爱的伟大在于其无私，在于其温暖心灵的细腻，更在于其毫无保留地倾其所有，哪怕是自己珍贵的生命，也可以毫不犹豫地献出。

　　她们的故事，如每一个关于伟大的母爱的故事一样，被人们广泛传颂……

　　2008年5月13日中午，震后的北川满目疮痍，而余震仍在继续。救援人员来到了一处废墟开展搜救工作，透过废墟的狭小空隙发现了一个女人，当时，她双膝跪地，整个上半身向前趴着，双手扶地支撑着身体……她的身体已经被压得变形了。救援队员在确认她已经死亡之后，在此地也没有发现其他生命存在的迹象，由于惨不忍睹的北川还有很多遇难人员在等待着救援，因此救援队决定撤离此地，赶往下一处目的地。没走多远，救援人员凭借着丰富的经验和敏感的直觉，意识到事情可能并不是那么简单，于是转身跑回来，费劲地把手探到女人的身体下摸索，然后高声喊道："有人，还有个孩子，还活着！"

　　一番艰难的努力后，人们终于把孩子救了出来。孩子有三四个月大，由于有母亲的身体保护，他毫发未伤，正甜蜜地睡在自己温暖的小花被里。

随行的医生过来准备给孩子做一些必要的检查，却意外地发现被子里有一部手机。医生下意识地看了一下手机屏幕，发现屏幕上是一条已经写好却未发出的短信："亲爱的宝贝，如果你能活着，一定要记住我爱你！"此时，即使早已见惯了生离死别，但医生却忍不住落下了眼泪；手机被不断地传递着，每个看到短信的人都潸然泪下；故事被传颂着，每个听到的人都泪眼婆娑。

大难来临，温润的母爱孕育了一个又一个的奇迹。而伟大这个词，则被那些平凡的母亲用乳汁、用血泪、用坚强、用爱和生命擦洗得熠熠生辉。

2008年5月13日下午，在都江堰河边一个坍塌的民宅旁，救援人员在争分夺秒地现场挖掘，寻找存活者。突然，救援人员全部被一个哺乳的场面震惊了：一位年轻的母亲蜷缩在废墟里，怀里抱着一个几个月大的婴儿，她低着头，上衣掀起，毫无生气，显然，她已经没有了呼吸；而婴儿却仍然含着母亲的乳头，一副心满意足的样子，红润的小脸与母亲那满是灰尘的乳房形成了鲜明的对比，震撼着所有的人。当救援人员小心翼翼地抱起女婴离开母亲的怀抱时，原本安静的她当即哭闹起来。人们无法想象一个死去的母亲还在给自己的孩子喂奶……

而在汶川，一个相似的画面却更震撼人心：在一个废墟的死角，一位年轻的母亲满脸灰尘，已经没有了生命，但她弓起的背却依然死死地抵挡着粗大的木梁，护着身下懵然无知的婴儿，而从她的血管里流出的鲜血正一滴一滴地落进婴儿的嘴里……

此时，婴儿们对这感天动地的一切都无知无觉。安然沉睡的他不知道，那狭小的空间，是已经死去的母亲留给他的最深沉的爱；不安地哭泣的她不知道，那沾满灰尘的乳房，是已经死去的母亲留给她的最后的爱；安静的他不知道，那一滴滴的鲜血，是已经死去的母亲留给他的最无私的爱……

但是，总有一天，他们会知道，不管是平平淡淡的生活，还是轰轰烈烈的人生，他们所拥有的一切都是自己的母亲用珍贵的生命、不屈的坚强换来的。也许，在很久以后，在某一个宁静的午后，也许是在洁白的病床上，也许是在舒适的藤椅上，满头银发的他（或她）安详地躺着，对绕膝的儿孙们慢慢地回忆自己的一生——

　　"我没见过我的母亲，也记不起她的样子，只是，我知道，我是母亲最亲爱的宝贝，母亲很爱我……"

心灵 寄语

　　母爱，千百年来被人们以各种方式传颂着，演绎着。母爱，可以创造奇迹，是我们永远无法用言语能表达完、表达好的。在用生命延续的母爱面前，任何语言、任何文字都是苍白无力的。

　　所以，在我们还有机会的时候，请珍惜母爱！

真爱在心中

　　爱就是为对方付出，只要你爱你的丈夫，就应全身心地为对方着想，不论他的成功与失败。一个能和你同甘苦共患难的人，才是你最可信赖的人。有了这种支持，不管遇到什么困难，你都会笑对人生。

真爱在心中

雁 丹

　　星期五的早上，一位年轻的商人终于决定要求老板为他加薪。在离开家去上班前，他把他的想法告诉了妻子。整整一天，他都一直处于高度的紧张和深深的忧虑之中。最后，在傍晚时分，他终于鼓起了勇气，走到了老板面前，提出了加薪的要求。让他喜出望外的是，老板竟然很爽快地答应了他的要求。

　　于是，他兴高采烈地回到了家里。一进家门就看到了餐桌上整齐地摆放着他们最好的瓷餐具，而且还点着红色的蜡烛，漂亮极了，温馨极了，浪漫极了。不仅如此，他还闻到了从厨房里飘出来的只有节日的欢宴才有的香味儿。他不禁想：一定是公司里的哪位同事打电话把他加薪的事提前向妻子告了密。

　　然后，他走进了厨房，迫不及待地把这个好消息告诉给了正忙着准备饭菜的妻子，让她与自己一起分享这莫大的欢乐。他们高兴极了，热烈地拥抱着，欢快地舞蹈着。然后，他在餐桌边坐了下来，开始享用妻子精心准备的美味佳肴。

　　吃着吃着，他突然发现在他的盘子旁边放着一张充满了柔情、充满了诗意的便笺，上面写道："祝贺你，亲爱的！我知道你一定会得到加薪的。这顿晚餐将向你表达我对你那深深的爱意！"看完之后，他的心里顿时涌起了一股暖流。

　　过了一会儿，在去厨房帮助妻子准备餐后甜点的时候，他突然看到有一张卡片从妻子的口袋里滑落到了地板上。于是，他弯下腰，将它捡了起来，并且读道："亲爱的，千万不要为没有加薪而感到烦恼！不管怎样，我都认为你应该得到加薪！就让这顿晚餐向你表达我对你那深深的爱意吧！"

心灵 寄语

　　爱就是为对方付出，只要你爱你的丈夫，就应全身心地为对方着想，不论他的成功与失败。一个能和你同甘苦共患难的人，才是你最可信赖的人。有了这种支持，不管遇到什么困难，你都会笑对人生。

就是这个温度

诗 槐

　　5岁时，她在贫民区的巷子里被几个孩子拦住，抢走了快餐盒和水晶发卡。她惊恐中大哭时，一个男孩儿跑过来，赶走了那些人，然后牵着她的手，陪她回家。她忘了问他的名字，只记得他手心的温暖。

　　6岁时，她转到新的学校上学。她的小礼服裙与其他同学朴素的衣着相比，显得格格不入，她低头不语。班长走过来，牵起她的手。这时，她看见了那双浅蓝色瞳仁。她记得他手心的温度。

　　12岁时，她考入一所私立中学，才发现自己已经不习惯没有他牵手的日子。放学后，她跑过好几个街区，到他的学校找他，正巧碰上他和一个漂亮的女孩子说话。她伤心了很久。

　　14岁时，有一次，她躲在角落里看他打篮球，结果被他发现。他又好气又好笑地拖着她，坐到了最前排的座位上。

　　16岁那年，他犹豫着说，他家很穷，怕配不上她。她不让他说下去，踮起脚尖主动吻了他。那个晚上，他跑到树林里，摘了一大捧娇艳的野玫瑰送给她。隔着她家后院的铁栏杆，她把他伤痕累累的手贴到了自己的脸颊上。

19岁时，她考进了外地的一所大学。一个寒冷的清晨，她站在空荡荡的站台上，向浓雾弥漫的铁轨尽头眺望。因为，他已经攒够了路费，要从遥远的家乡来看她。火车还没停稳，他就跳上了月台。看到她的脸冻得通红，他一下子把她揽进自己的大衣里。

她满24岁时，她父亲找到他，以她一生的安定幸福为由，建议他离开。临行前，他在她窗下站了整整一夜。第二天早晨，她推开窗，看到院墙每一根栏杆上都别着一朵憔悴的玫瑰，还有一地凋零的花瓣。

25岁时，她结了婚，随先生移居国外。

她一生安定富足。75岁那年，丈夫去世了。儿子已经事业有成，执意接她回国同住。不料，3个月后的一个清晨，她醒来后发现，再也看不见家乡美丽的阳光。儿子急匆匆请来当地最好的医生。那个白发苍苍的老专家在走进房间的一瞬间，突然愣住了。

老专家颤抖着走向她，仿佛回到了从前。轻轻地，他握住轮椅扶手上她瘦骨嶙峋的手。这时，她脸上的皱纹突然凝住，然后又舒展开来。她摸索着，把那只同样苍老的手贴到了自己的脸颊上，喃喃低语："就是这个温度。"

她的眼睛虽然治不好了，但他还是满心欢喜地娶了她。结婚那天，她挽着他缓缓走在红地毯上，闻到整个礼堂里都是红玫瑰圣洁甜美的芬芳。她泪光闪闪，感觉自己就像70年前那个被他牵着手的小姑娘。

心灵 寄语

也许她原本就该和那个男孩子结婚，也许她早已适应了他的温度，然而命运就是这样折磨人，贫穷和富有在他们中间形成了一堵高墙，使他们无法结合。然而，峰回路转，他们终于在年迈时又相逢了，原来，贫穷和富有根本不能阻挡他们的爱。

真爱的源头

晓 雪

　　读大学的那几年，我课余一直在姨妈的饭店里打工。不为生计，只是为了磨炼一下自己。

　　那是一个春寒料峭的黄昏，饭店里来了一对特别的父子。说他们特别，是因为那个父亲是个盲人。他的脸上密布着层层皱纹，一双灰白无神的眼睛茫然地直视着前方。他由一个男孩儿小心地搀扶着走到店里来。男孩儿衣着朴素近似寒酸，十几岁却有着一份沉静的书卷气，想必是个学生。"爸，您先坐着，我去开票。"说着，他放下手中的东西，来到了我的面前。"两碗牛肉面。"他大声地说。我正要低头开票，他又面带窘迫地朝我用力摆了摆手。我诧异地抬起头，他朝我充满歉意地笑笑，然后用手指着我身后的价目表，用手势告诉我，要一碗牛肉面，一碗葱油面。我先是一愣，接着便恍然大悟，明白了他的用意，他叫两碗牛肉面是给他父亲听的。我会意地冲他一笑，开出了票。他的脸上顿时露出感激的神色。厨房很快就端来了两碗热气腾腾的面。男孩儿小心地把那碗牛肉面移到他父亲的面前，细心地招呼着："爸，面来了，您小心烫。"自己则端过了那碗素面。那老人却并不急着吃面，只是摸摸索索地用筷子在碗里探来探去。好不容

易夹住了一块牛肉就忙不迭地用手去摸儿子的碗，把肉往儿子碗里夹。"吃，你多吃点儿。"老人一双眼睛虽然无神，脸上的皱纹间却满是温和的笑意。在一旁的我也不由得被这张笑脸吸引住了视线。让我感到奇怪的是，那个男孩儿并不阻止父亲的行为，而是默不作声地接受了父亲夹来的肉片，然后

再悄无声息地把肉片夹回到父亲的碗中。"这个饭店真厚道，面条儿里有这么多肉。"老人心满意足地感叹着。一旁的我听得几乎汗颜，饭店一贯唯利是图，其实充其量不过几片薄如蝉翼的牛肉。那个男孩儿这时趁机接话："爸，你也快吃吧，我的碗里都装不下了。""好、好，你也快吃。"老人终于低下了头，夹起了一片牛肉，放进嘴里慢慢咀嚼起来。男孩儿微微一笑，这才大口吃着他那碗只有几点油星儿的素面。姨妈不知什么时候也站到了我的身边，静静地望着这对父子。这时厨房里的小张端来了一盘干切牛肉，她用疑惑的眼神看着姨妈，姨妈努嘴示意，让小张把盘子放在那对父子的桌上。那个男孩儿抬头环视了一下，见自己这一桌并无其他顾客，忙轻声提醒："你放错了吧？我们没有叫牛肉。"

姨妈走了过去："没错，今天是我们开业年庆，牛肉是我们赠送的。"

我一听这话，忙心虚地左顾右盼，怕引起其他顾客的不满，更怕男孩儿疑心。好在大家似乎都没注意到这一幕，而男孩儿也只是笑了笑，不再发出疑问。他又夹了几片牛肉放进父亲的碗中，然后把剩下的都放入一个装着馒头的塑料袋中。这时进来了一群附近工地的建筑工人，小店顿时热闹了起来。等我们忙着招呼完那批客人，才发现男孩儿和他的父亲已经吃完面走了。小张去那张桌收拾碗时，忽然轻声地叫了起来。原来那个男孩儿的碗下，还压着几张纸币，那几张钱虽然破旧，却叠得平平整整，一共是六块钱，正好是我们价目表上一盘干切牛肉的价钱。一时间，所有的人都说不出话来，只有无声的叹息静

静回荡在每个人的心间。很多年过去了，但那对父子相濡以沫的一幕，始终感动着我。每当回想起这件事，不知他们如今可好。想必那样的儿子一定能为父亲营造出一片温馨和舒适的生活。

心灵寄语

从两碗不同的面看到了男孩儿对父亲的一片真情。贫穷并不可怕，可怕的是没有了志气，人穷志不能短。从父子俩相互为几块牛肉谦让着，我们看到了父子间那种亲情，这种亲情体现了中国人特有的美德。

无眠的父爱

忆 莲

　　原来彻夜无眠的不是他，而是他亲爱的父亲！他经过几年的打拼，终于在城里买了一套两室一厅的房子，娶了一个贤惠的妻子，幸福地生活着。过年的时候，他把父亲与妹妹从乡下接到城里过节。房间不够，他决定与父亲共睡一张床，而让妹妹与妻子同睡。

　　晚上，父子俩长谈之后，就上床睡觉了。他没有马上睡去，而是强打精神，一直坚持到深夜，听不到任何声响，确认父亲已经睡去之后，才沉沉地睡去。因为他睡觉时总是鼾声如雷，为此妻子曾屡屡抱怨过，所以他怕吵得父亲不能入睡。

　　第二天早晨，父亲早早地起了床，一副精神抖擞的样子。妻子很懂事，问父亲是否睡好，父亲回答是肯定的。他想，这也不枉他一片苦心了。

　　早饭后，他们一起出去，父亲说不想出去，留在了家中。

　　才走了一会儿，他忽然想起自己忘了拿办公室的钥匙，于是返回家中，一进门就听到客厅传来巨大鼾声。他看到沙发上沉睡的苍老的父亲，突然记起母亲生前也曾像妻子一样，常常抱怨父亲的鼾声，吵得她每晚都无法入睡……

原来彻夜无眠的不是他，而是他亲爱的父亲！

心灵 寄语

这是一份父子之情，为了对方，他们都默默地牺牲自己，若不是偶然的回家，也许儿子永远也不知道年迈的父亲为了让儿子睡好，彻夜不眠。这种父爱，伴随着儿子的一生，这种父爱是人世间最无私的爱。

永不融化的记忆

乔纳森·尼古拉斯

他搞不清楚是什么弄醒了他。或许是孩子喃喃的梦呓？当他掀开被子向外张望时，吸引住他的不是孩子的小床，而是窗外的雪景。窗外，大雪正在纷纷扬扬地下着。

为了不吵醒妻子，他悄悄地起床，慢慢地走到小床边，弯下腰，轻轻地连被子一起抱起了孩子。他踮着脚走出卧室，孩子抬起头，睁开眼睛，像往常一样，对着爸爸笑了。

他抱着她下楼，一边数着"嗒嗒嗒"的脚步声。很快，他们坐到了餐桌边，然后他们的鼻子一起压在玻璃窗上向外望。这时候，他觉得自己不是大人了，他变成了孩子，和他的孩子一样充满了好奇心。

天已经快亮了，雪还是下得很大。雪花打在窗户上，就像神秘的瀑布。偶尔有一两片雪花贴在窗户上，像不情愿落到地上似的。然而它们还是得慢慢地滑下玻璃，融化了，留下一条美丽的线，不久就消失了。

父女俩听到新的一天已经在邻居们的家里涌动。往常街对面的一家人总是起得很早，他们总是开亮前廊的灯，然后钻进汽车，"砰"的一声关上车门，汽车开动了。

但是今天不一样了，他们从一个房间跑到另一个房间，透过窗户向外张望，孩子们原来细长的身子现在变大了，前廊门终于打开了，里面跑出来三个人，在雪地里滚动起来。

他不知道他们是从哪里学会玩儿雪的，就连最小的孩子，也许还是第一次见到真正的雪，也像是天生就知道该怎么玩儿似的。

他们在雪地里滚动，还不时尝上一口雪。他们把雪捏成一个个雪球，打起雪仗来。然后又跑上附近的一座小山脊，开始堆起雪人来了。

很快，雪人的鼻子也安好了。邻居们也全醒了。一辆汽车呜咽着向前开，但车轮总是打滑。公共汽车就像在海上航行，拼命地想开上小山。这时候，孩子安全地坐在他温暖的臂弯里又睡着了。

他知道她不会记住这一切，她会回忆另外的雪景。但对于他来说，这是第一次，他们父女一起赏雪的第一次，这次记忆会在他脑海里留存下来。雪人会很快融化，他的记忆中却永远留下了冰凉而有趣的东西——雪！

心灵 寄语

简单的生活中，一次偶然的举动，或许会成为一生都值得回忆的场景。而孩子，永远都是父母生命中永不落幕的"耀眼明星"！

真正的奇迹

千 萍

有一天，斯库拉正在家里休息，电话铃突然响了，一个噩耗传来，他的一位工作顾问斯坦里的心脏已经停止跳动22分钟。

22分钟！这是一段什么样的时间哪？他的大脑供氧早已停止。医生尽一切努力为他做人工呼吸，终于获得了成功。但他却陷入了死一般的昏迷状态。当他被移至综合治疗室时，他已经能够独立呼吸了。但是除此之外没有任何迹象表明他能恢复神志。

神经外科医生告诉斯坦里的妻子："他没有希望了。呼吸可能会持续，但是今后他只能是个植物人。他现在还睁着眼睛，但是即使他死的时候，可能还这样睁着眼睛……"

斯库拉接到电话通知后赶往医院，一路上反复地想："怎么办？我能对他说些什么？他处于昏睡状态，我能说什么话呢？"斯库拉想起在神学院的时候，教授曾经这样教导过他："濒临死亡的人，对一切刺激可能都没有反应。碰到这种情况，你要不断地呼唤他们的生命，千万不要给患者的内心带去消极的念头。"

斯库拉跨入了斯坦里的病房，他的妻子比利正站在床边流泪，原来那么乐观开朗的斯坦里如同雕像一样一动不动，不管怎么看都像一个死人。眼睛仍然大大地睁着，但没有一点儿活着的征兆和反应。

斯库拉握住斯坦里的手，然后凑近他的耳边，轻轻地说起来："斯坦里，我知道你不能说话，我也知道你不会回答我，但是你的内心深处在倾听着我的声音，对吗？我是斯库拉，朋友们都在惦念着你。现在，斯坦里，我有个好消息要告诉你，你得了严重的心脏病，现在已处于昏睡状态，但是你就要好了，你能活下去。你可能要长期坚持下去，可能痛苦难熬，但是，斯坦里，你会成功的！"就在这时，发生了斯库拉一生中最受感动的事情。猛然间，从斯坦里睁着的眼睛里流出一滴泪水！他全部理解了！脸上虽没有丝毫微笑，嘴唇也没有一丝颤动，但是从他的眼中确确实实流出一滴泪水来！医生感到震惊，比利也呆住了……

一年之后，斯坦里已经能用语言表达自己的意思了，听别人说话也完全没有问题了，身体的正常机能都恢复了。现在他已经能走，能说，能哭，又充满活力的生活了，这是一个真正的奇迹。

心灵 寄语

生活中常会有奇迹发生，这奇迹来自人们的执着。有一个老者，突然半身不遂，不能行走，开始时，他拄着拐棍一步一步挪，一年过去了，他丢下拐棍，可以扶着墙走了，终于有一天，奇迹发生了，他完全可以行走了。支撑老者的是一种信念，这信念能创造人间奇迹。

爱的零重量

佚 名

爱可以忽略很多东西，也包括重量。

一位教徒去朝圣。路途非常遥远，山路非常难行，空气非常稀薄。他虽然携带很少的行李，但沿途走来，还是显得举步维艰，气喘如牛。他走走停停，不断向前遥望，希望目的地赶快出现在前方。

就在他的前方，一个小女孩儿，年纪不会超过十岁，背着一个胖嘟嘟的小孩儿，也在缓慢地向前移动。她喘得很厉害，一直在流汗，可是她的双手还是紧紧呵护着背上的小孩儿。

教徒经过小女孩儿的身边，很同情地对小女孩儿说："我的孩子，你一定很累吧！你背得那么重。"

小女孩儿听了很不高兴地说："对不起，你错了，你背的是一个重量，但我背的不是重量，他是我弟弟。"

原来，爱可以忽略很多东西，当然包括重量。

心灵寄语

　　人世间有很多东西可以割舍，但亲情是难以割舍的，小女孩儿背负的是一种责任，因为她爱她的弟弟，她没有把他当成是一种负担。

母爱创造奇迹

雨 蝶

　　一个孩子，学习成绩差极了，老师说他的智力有问题。看上去，孩子的确有些迟钝。他沉默寡言，常常一个人坐在屋前的花园里看着花草小虫很长时间，他的父亲教训他："除了打猎、养狗、捉老鼠以外，你什么都不操心，将来会有辱你自己，也会有辱你的整个家庭。"

　　他的姐妹也看不起这个学习成绩平平、行为怪异的兄弟。他在家庭中是一个不受欢迎的人。但是他的母亲关心、爱惜他，她想如果孩子没有那些乐趣，不知道他的生活还会有什么色彩。她对丈夫说："你这样对他不公平，让他慢慢学会改变吧！"丈夫说："你这是同情，不是教育，你会毁了他的一生。"但她却坚信，他是她的孩子，需要她的安慰和鼓励。她支持孩子到花园里去，还让孩子的姐姐也去。母亲想了一个主意，她对孩子和他的姐姐说："比一下吧，孩子，看谁从花瓣上先认出这是什么花。"她说，孩子要是比他的姐姐认得快，她就吻他一下。这对孩子来说，是多么令人兴奋的一件事，他回答出了姐姐无法回答的问题。他开始整天研究花园的植物、蝴蝶，甚至观察到了蝴蝶翅膀上的斑点的数量。

对于母亲的做法，父亲觉得不可理喻。那种同情是无助无望的，除了暂时麻醉孩子以外，根本毫无益处。但是，就是得益于母亲的鼓励和关爱，并醉心于花草之中，这个孩子在多年后成为生物学家，创立了著名的"进化论"。他就是达尔文。

心灵 寄语

母爱的确是世界上最伟大的爱，达尔文如果没有母亲的安慰和鼓励引导和培养，也许只是一个"弱智儿童"，更不会成为"进化论"的创立者。正是这份平凡而又伟大的母爱改变了孩子的一生，也创造出一个奇迹。

老师美丽的歧视

胡子文

张老师的"歧视"肯定是最宝贵最美丽的。

高考落榜，对于一个正值青春花季的年轻人，无疑是一个打击。8年前，我的同学大伟就正处于这种境地。而我则考上了京城的一所大学。

等我进入大学三年级时，有一日大伟忽然在校园里寻到了我，原来，他也是北京某名牌大学的一员了。

"祝贺你——"我说。

"是该祝贺。你知道吗，两年前我一直认为自己完了，没什么出息了，可父母对我抱有很大希望，我被迫去复读——你知道'被迫'是一种什么滋味吗？在复读班，我的成绩是倒数第五……"

"可你现在……"我迷惑了。

"你接着听我说。有一次那个教英语的张老师让我在课堂上背单词。那会儿我正读一本武侠小说。张老师很生气地说：'大伟，你真是没出息，你不仅糟蹋爹娘的钱，还耗费了自己的青春。如果你能考上大学，全世界就没有文盲了。'

我当时仿佛要炸开了，我噌地跳离座位，跨到讲台上指着老师说：'你不要瞧不起人，我此生必定要上大学。'说着我把那本武侠小说撕得粉碎。你知道，第一次高考我分数差了100多分，可第二年我差了17分，今年高考，我竟超了80多分……我真想找到老师，告诉他：我不是孬种……"

3年后，我回到我高中的母校，班主任告诉我，教英语的张老师得了骨癌。我去看他，他兴致很高，期间，我忍不住提起了大伟的事……

张老师突然老泪横流。过了一会儿，他让老伴儿取来了一张旧照片，照片上，一位学生正在巴黎的埃菲尔铁塔下微笑。

张老师说："18年前，他是我教的那个班里最聪明也最不用功的学生。有一次，我在课堂上讲：'像你这样的学生，如果考上大学，我头朝地向下转三圈……'"

"后来呢？"我问。

"后来同大伟一样，"张老师言语哽咽着说，"对有的学生，一般的鼓励是没有用的。关键是要用锋利的刀子去做他们心灵的手术——你相信吗，很多时候，别人的歧视能激发出我们心底最坚强的力量。"

两个月后，张老师离开了人世。又过了4年，我出差至京，意外地在大街上遇到大伟，读博士的他正携了女友悠闲地购物。我给大伟讲了张老师的那席话……

在熙熙攘攘的人群中，大伟突然泪流满面。

在那以后的时光里，我一直回味着大伟所遭遇的满含爱意却又非常残酷的歧视。我感到，那"歧视"蕴涵着一种催人奋进的力量。对大伟和那位在埃菲尔铁塔下留影的学生而言，在他们的

人生征途中，张老师的"歧视"肯定是最宝贵、最美丽的。

心灵寄语

　　俗话说：忠言逆耳利于行。为了让学生成为有用之才，我们的老师花费了许多心血，他们恨铁不成钢，于是他就采取激将法，一次次地刺激他们的学生奋起努力，有谁知道老师的用心良苦。老师！我们将用什么来报答你，我的再生父母。

改变人生的8美元

诗　槐

　　他在美国的律师事务所刚开业时，连一台复印机都买不起。

　　移民潮一浪接一浪涌进美国的这片沃土时，他接了许多移民的案子，常常深更半夜被唤到移民局的拘留所领人，还不时地在黑白两道间周旋。

　　他开一辆掉了漆的本田车，在小镇间奔波，兢兢业业地做职业律师。终于媳妇熬成了婆，电话线换成了四条，扩大了办公室，又雇用了专职秘书、办案人员，气派地开起了"奔驰"，处处受到礼遇。

　　然而天有不测风云，一念之差，他将资产投资股票却几乎全部亏掉，更不巧的是，岁末年初，移民法又再次修改，职业移民名额削减，顿时门庭冷落。

　　他想不到从辉煌到倒闭几乎只在一夜之间。

　　这时，他收到了一封信，是一家公司总裁写的：愿意将本公司30％的股权转让给他，并聘他为公司和其他两家分公司的终身法人代理。他不敢相信自己的眼睛。

　　他找上门去，总裁是个四十开外的波兰裔中年人。"还记得吗？"总裁问。他摇摇头，总裁微微一笑，从硕大的办公桌的抽屉里拿出一张皱巴巴的五块钱汇票，上面夹的名片，印着当年律师的地址、电话。

他实在想不起还有这一桩事情。

"10年前，在移民局……"总裁开口了，"我在排队办工卡，排到我时，移民局已经快关门了。当时，我不知道工卡的申请费用涨了8美元，移民局不收个人支票，我又没有多余的现金，如果我那天拿不到工卡，雇主就会另雇他人了。这时，是你从身后递了8美元上来，我要你留下地址，好把钱还给你，你就给了我这张名片。"

他也渐渐回忆起来了，但是仍将信将疑地问："后来呢？""后来我就在这家公司工作，很快我就发明了两个专利。我到公司上班后的第一天就想把这张汇票寄出，但是一直没有。我单枪匹马来到美国闯天下，经历了许多冷遇和磨难。这8美元改变了我对人生的态度，所以，我不能随随便便就寄出这张汇票。"

心灵寄语

人的一生也许会遇到许多磨难，生死在瞬间，贫富在瞬间，人必须从容地面对可能发生的一切，当你挺过来时，回头望望，你会发现，其实一切都在于一个"拼"字。有时在你不经意间帮助了别人，别人也会在你困难的时候向你伸出援助之手，这就是人们所说的：有心栽花花不开，无心插柳柳成荫。

一个鱼头七种味

叶倾城

在朋友家吃晚饭，一盘色香味俱全的红烧鱼刚上桌，朋友已不声不响地一伸筷，把鱼头夹到了自己碗里。

回去路上，灯火淡淡的小径上，我不禁有点儿疑惑："一起吃过那么多次饭，我怎么都不知道你爱吃鱼头？"

他答："我不爱吃鱼头。"

"从小到大，鱼头一直归我妈，她总说：'一个鱼头七种味。'我跟爸就心安理得地吃鱼身上的好肉。直到有一天我看到一本书，那上面说，所有的女人都是在做了母亲之后才喜欢吃鱼头的，原来，妈骗了我二十年。"朋友微笑着看我，声音淡如远方的灯火，却藏了整个家的温暖。"也该我骗骗她了吧，不然，要儿子干什么？"

我一下子怔住了，夜色里这个平日熟悉的大男孩儿，仿佛突然长大了很多，呈现出我完全陌生的轮廓。

不久后的一天，我去朋友母亲的单位办事，时值中午，很自然地便一起吃午饭，没想到她第一个菜就点了沙锅鱼头。

朋友的话在我心中如林中飞鸟般惊起，我失声："可是？"

朋友母亲笑起来嘴角有小小的酒窝："我是真的喜欢吃鱼头，一直都喜欢。我儿子弄错了。"

"那您为什么不告诉他呢？"我问。

她慌忙摆手："千万不要。孩子大了，和父母家人，也像隔着一层，彼此的爱，搁在心里，像玻璃杯里的水，满满的，看得见，可是流不出来，体会不到。"她的声音低下去，"要不是他每天跟我抢鱼头，我怎么会知道，他已经长得这么大了，大得学会体贴妈妈、心疼妈妈了呢？"

沙锅来了，在四溢的香气里，我看见她眼中有星光闪烁。她微笑着夹了一个鱼头放在我碗里，招呼我："尝一尝，一个鱼头七种味呢。"

我学着她的样子，细细地吮咂着。第一次，我那样分明地品出了，它七种滋味里最浓烈、最让人心醉的一种：爱。

心灵 寄语

爱是五颜六色的，正像母亲所说的鱼头。具有浓烈的滋味，那滋味让人享受不尽，回味无穷。那是母爱，她来自各个方面，从小到大。我回味着爱的滋味，享受着爱的温暖，突然间，我才发现，母爱是这样的伟大。

爱在点滴之间

有一种爱是无私的，有一种爱是默默的，这种爱就是父爱。它长留在儿女的记忆里，直至长大后，他每每想起，都激动得泪流满面。去爱你的父亲吧，因为他把全部的爱都已经给了你。

感情的碎片

萧 红

近来觉得眼泪常常充满着眼睛，热的，它们常常会使我的眼圈发烧。然而它们一次也没有滚落下来。有时候它们站到了眼毛的尖端，闪耀着玻璃似的液体，每每在镜子里面看到。

一看到这样的眼睛，又好像回到了母亲死的时候。母亲并不十分爱我，但也总算是母亲。她病了三天了，是七月的末梢，许多医生来过了，他们骑着白马，坐着三轮车，但那最高的一个，他用银针在母亲的腿上刺了一下，他说：

"血流则生，不流则亡。"

我确确实实看到那针孔没有流血，只是母亲的腿上凭空多了一个黑点。医生和别人都退了出去，他们在堂屋里议论着。我背向了母亲，不再看她腿上的黑点。

我站着。

"母亲就要没有了吗？"我想。

大概就是她极短的清醒的时候：

"……你哭了吗？不怕，妈死不了！"

我垂下头去，扯住了衣襟，母亲也哭了。

而后我站到房后摆着花盆的木架旁边去。我从衣袋取出来母亲买给我的小洋刀。

"小洋刀丢了就从此没有了吧？"于是眼泪又来了。

花盆里的金百合映着我的眼睛，小洋刀的闪光映着我的眼睛。眼泪就再没有流落下来，然而那是热的，是发炎的。但那是孩子的时候。

而今则不应该了。

心灵 寄语

在年幼不懂爱的时候，失去了母亲，即使倔强地不肯流泪，在多年以后，却依然念念不忘，那份对母亲的感情。无论到什么时候，请相信，母亲都是孩子感情的依托。

美 丽

雁 丹

母亲的一生多苦难而坚强，十年四次大手术并没能击倒她。去年母亲又得了乳腺癌，根治手术做了七个小时，看着母亲虚弱地躺在那里被推出手术室，我使劲地控制着自己的情绪。母亲努力地睁开眼睛挤出一丝笑容说："没事。"那一刻我泪流满面。

手术很成功，母亲又一次顽强地站了起来。按照治疗方案，母亲是一定要做化疗的，没想到这次母亲说什么也不肯。主治医生推了推眼镜，信誓旦旦地说："化疗一点儿也不痛苦，副作用很小，也就是掉点儿头发，这没有关系，化疗一停马上长出来。"但母亲就是不答应。母亲一定是多次生病，产生了恐惧。亲戚朋友聚了一屋子做母亲的工作，母亲置之不理，坐在那里，一言不发，说多了就用拐杖把大家通通赶出去。亲戚朋友走时叹气说，老太太一辈子都很好说话，现在怎么这样子了？真是人一老就古怪。

夜深了，我们母子两人相对而坐，母亲欲言又止，迟疑了很长时间说："你问问医生能不能不掉头发？掉了头发很难看的。"我不由得笑了起来，母亲真的有点儿古怪了，一辈子生活在农村，平时连一件新衣服都舍不得买，而现在……

母亲焦虑地说："老三和他媳妇快回来了，让他第一次上门的媳妇就看到我一个秃老太婆，老三会没面子的。做化疗也要等他们走后。"我一下子愣住了，笑容凝固在我脸上。三弟在美国上学，结婚时只给家里寄过照片。母亲对着阳光眯眼看着照片上长发飘飘的女孩儿笑得合不拢嘴，说头发长的女孩儿脾气好。因为医生向我保证过手术没有危险，所以我才坚持让三弟放寒假时再回来。回过神儿来，我抓起电话，拨通了老三，我大声吼道："娶了个华侨媳妇就了不起了，你一放假要么马上回来，要么就不要回来了。"

十天后，三弟和他的媳妇进门时，我们看着总觉得不对劲，好一会儿才明白是怎么回事，老三媳妇刚剃了个很短很短的板寸头。在大家的笑声中，母亲摸着老三媳妇的头说："怎么像个男孩子？"

老三媳妇调皮地歪着头说："好看吗？"

"好，好，好看。"母亲连连说，一颗泪已从她深凹的眼里流出。

第二天，母亲进了医院开始做第一个疗程的化疗。

村里人说今年外面女孩子就流行板寸头发，看起来精神。

心灵 寄语

坚强的母亲，她永远把美丽的一面留给子女，她一生中永远为儿女着想，她是一位慈母，她是一位伟大的母亲。因为化疗她的头发掉了，但在孩子眼里，母亲永远美丽，这美丽是在内心。

栀子花开的巷口

香 溪

每天放学回家，我都一个人孤单地坐在门旁的石凳上，背靠着一株栀子花，怀里抱着我心爱的大白猫，呆愣愣地注视着巷口，看人来车往，看时光流逝。不知从何时起，我的视线开始停在一辆崭新的"金狮"自行车上，那是我一直都想要的自行车。不知骑那车的人会是怎样的心情，每回他路过时，都会朝我咧嘴笑笑，然后飞速地消失在巷子深处。那是一个皮肤白嫩的大男孩儿，总背着一块画板，每天在巷子里穿来穿去。真嫉妒他的那股神气。

一天傍晚，我如往常一样坐在那里，为我的大白猫素描。只听身后有自行车越过水坑的声音，当我回头去看时，他已站在了我的身后，目不转睛地望着我的杰作。我至今还记得，那一天我的脸红了多久。我以为他会提一些建议，可谁知，他一句话也不说就夺过我的画板自顾自地描着，不一会儿一只活生生的猫已经跃然纸上了，还在旁边写着哪里的线条该深，哪里的线条该浅。我早已惊得目瞪口呆，这人怎么这么奇怪。当我回过神儿来，他已骑着车远去了。

以后的日子，他依旧是每天都会出现，只是不再朝我笑了，甚至看都不看我一眼。从最初的缓缓驶进巷口变为飞速地闯进巷口了。这样的日子一直持续到我读高三，他突然像空气一般消失了，从此我再也没有见过他。

紧张的高考，结束了我对这段花样年华的盼望。第二年夏天，我顺利地考进了大学，专业是美术。在这座艺术的金字塔里，我也如其他大学生一般，顺理成章地谈了一个颇有才气的男友。他画得一手漂亮的水墨画。每当他要给我讲小时候的故事时，我就总是问他："你偷偷地喜欢过路过你家门前的小女生吗？"他总会被我问得瞠目结舌。有些往事是无法用语言来形容的，就像当年遇见那个大男孩儿，只有一幅永恒的画面，永远挂在记忆的长廊里展览着。

大学快毕业时，男友拉我去看一个画展，当我们走到大厅的门前时，我看见厅门旁竖着一块广告牌，上面写着："旅美画家，千秋，先天聋哑，擅长水墨花鸟，1973年出生于我市，请大家切莫错过。"

他的画确实很有灵气，一看就知道这位画家是多么的热爱生活。正当我不禁赞叹时，男友突然跑过来把我拉到一幅画下："溪，你看，这人多像你！"我凝望着画里的人，天哪，这是真的吗？这不就是当年坐在巷口的我吗！梳着两条麻花辫，怀里还抱着一只大白猫。世上真有这么巧的事吗？

此时男友又嚷道："溪，你看，那不是你们家的那个巷口吗？这个画家肯定见过你！你瞧，画旁还有一首诗呢！"我顺他指的方向望去，那是一首席慕容的《盼望》："其实，我所盼望的，也不过就只是那一瞬，我从没要求过你给我你的一生。如果能在开满栀子花的山坡上与你相遇，如果能深深地爱过一次再别离，那么，再长久的一生不也就只是，就只是回首时那短短的一瞬。"看完诗，我已经泪流满面了。我想，纵使这一生我再也见不着他了，但最起码我已经知道了他的名字，这已够了。

心灵 寄语

　　画能传情，如果人真能从画中走出，那她一定走进他的生活。一个聋哑人，怀揣着一种爱，执着地追求着他的梦想，终于他成功了，他成了有名的画家，他把他的爱画进了画中，他把他要说的话也画在了画中，这是一种特别的爱，这种爱充满了诗情画意。

留在眼中的骄傲

佚 名

在某种程度上，这是一项影响他人一生的决定，当这一抉择到来时，曾在我父亲眼中出现的骄傲，又闪现在我女儿的眼中。

我永远也忘不了1965年那炎热的夏天，妈妈突然死于一种医学上都无法解释的疾病，时年仅36岁。当天下午，一位警官拜访了我父亲，征得爸爸同意，医院将要取出妈妈的主动脉膜及眼角膜。我几乎完全被眼前这一事实击昏了，医生要解剖妈妈，把妈妈身体的一部分移到别人身上！我这样想着，冲出屋子，眼泪夺眶而出。

那时我14岁，我还不能理解，为什么有人可以把我深深爱戴的人割裂开来。但爸爸却对那位警官说："好吧。"

"你怎么能让他们那样对待去世的妈妈，"我冲着爸爸哭喊着，"妈妈完整地来到这个世界，也应该让她完整地离开这个世界。"

"琳达，"爸爸温和地对我说，用手臂环绕着我，"你能献给人类的最好礼物就是你自己身体的一部分。你妈妈和我很早以前就决定了，如果我们死后能对别人的生活产生好的影响，那么我们的死也就有意义了。"

那天，爸爸给我上的这堂课成了我一生中最重要的一部分。

数年过去了，我结了婚拥有了自己的小家庭。1980年，爸爸患了严重的肺气肿，就搬过来和我一同生活，在以后的6年里，我们花费了大量的时间探讨生与死的问题。

爸爸高兴地告诉我，他去世后，不管怎样都要将身体的一部分捐献出去，特别是要捐献眼睛。"视觉是我能给予别人的最好的礼物，"爸爸说，"如果能帮助一个双目失明的孩子恢复视力，使他也能像温迪那样画马，那对这个孩子来说是多么幸福和激动啊。"

温迪是我的女儿，一直都在画马，还曾多次获得绘画奖。

"想象一下，如果盲童像温迪一样能够绘画，那么做父母的该多么自豪哇！"

爸爸说："如果我的眼睛能使盲人实现绘画的愿望，那么你也会感到骄傲的。"我把爸爸的话告诉了温迪，温迪的眼泪夺眶而出，她紧紧地拥抱着外祖父。她当时不过14岁——与我被告知要捐献母亲器官时的年龄相同，可是我们两人又是多么不相同啊！

爸爸于1986年4月11日去世了，我们按照他生前的愿望捐献了他的眼睛。三天后，温迪对我说："妈妈，我为你替外祖父做的这件事感到骄傲。"

"这怎么能使你骄傲呢？"我问。

"您当然值得骄傲，您想过吗，什么也看不见该是多么的痛苦，我死的时候也要像外公那样把眼睛捐献出去。"

直到这时我才体会到，爸爸付出的不只是眼睛，他捐献了更多的东西，那就是闪现在温迪眼睛里的骄傲。

当我怀抱着温迪时，我几乎不知道究竟发生了什么事，我在捐献说明书上签名才不过两个星期。

我的美丽、聪明的温迪在路上骑马时，被一辆卡车撞成重伤。当我看着捐献书时，温迪的话一遍又一遍地在脑子里闪现：您想

过吗，什么也看不见该是多么的痛苦。

温迪去世后三个星期，我们接到一封来自俄勒冈州狮城眼库的信，信中写道：亲爱的里弗斯先生、里弗斯夫人：我们想让你们知道，眼角膜移植手术获得了成功，现在双目失明的盲人又重见天日了，他们视觉的恢复象征着对你们女儿的最好纪念——一个热爱生命的人分享了她的美丽。

不管走到哪个州，我似乎都会看到，一个接受捐献的人对马有了新的爱好，并能够坐下来画马。我想我知道那个捐献的人是谁，那一定是金发碧眼一生都在绘画的可爱的姑娘。

心灵 寄语

我相信，生命是可以延续的，使之延续的是那些善良、无私的人。一个生命终结，但她又孕育着一个新的生命，这是什么样的境界？人死不能复生，但她的精神却在升华。

爱在点滴之间

杨若捷

Ann的父亲是个爱车迷，受其影响，Ann从小就喜欢上了汽车。那时候还没有专门的洗车店，而Ann的父亲也不放心把他的心肝宝贝汽车交给别人，于是像洗车这类的工作就由Ann的父亲亲自打理，而Ann则当仁不让地成了他的小帮手。像3岁时Ann会蹲在车顶用嘴呵气擦车，边擦边在上面留下一串脚印，气得Ann的父亲干瞪眼。4岁时Ann会把吃糖剩下的花花纸贴在车窗上，惹得大伙儿发笑。5岁时Ann会扛着水枪冲车，一不留神便冲得Ann的父亲像只落汤鸡。7岁时Ann迷上了看人开车，想学上几招儿，于是争着要坐前排，但Ann的父亲死也不让，说危险，为此Ann发动了全家大联盟抵制Ann的父亲侵犯人权的霸行，但Ann的父亲仍然我行我素，每每开车都会把爬到前座的Ann扔回后排。因此有很长一段时间Ann觉得父亲是个大暴君。后来Ann考上了外省的大学，离开家独自在外生活，也因此养成每次坐车必坐前排位置看司机开车的习惯，可后来她突然改了这个习惯，因为朋友不经意间向她讲了这么一个故事……

那也是一家人，丈夫开车，女儿就坐在旁边，而妻子则坐在后面，本是要出去游玩。可谁也没想到，就在这时一辆货车疯了一般笔直地向他们横冲过来。丈夫下意识地向左打舵，可猛地想到坐在旁边的女儿，于是他又猛地向右打舵，让自己这面迎向了货车……直到后来人们把车拖走，才清楚地看到地面上那深深的S形车痕。

后来朋友还告诉Ann，遇到这种突发意外，司机都会下意识地向左打舵，所以前排右侧的位置，是发生意外率最高的……后来的话Ann再也听不清，因为Ann觉得嗓子里像哽了块大石头，想说什么可怎么也说不出，泪却无声地流了下来，因为她明白了父亲那默默无声的爱。过年时Ann打电话说要回家过年，那天父母一早就开车去机场接她。上车时，Ann自动要坐后面，可父亲非把Ann拉到前面，还笑着说："女儿大了，该学学开车了。"望着父亲那满是喜悦的脸，Ann不禁又湿了眼眶。

生活中有许多爱像藏于大海中的珍珠，虽小却珍贵无比。但有时我们会因大海的辽阔而将其忽略，任其深埋，不加寻找、感恩。直到失去后才后悔不已，殊不知已枉然。而这点点滴滴之爱也只有善于发现的你，才会找到……

心灵 寄语

有一种爱是无私的，有一种爱是无言的，这种爱就是父爱。它长留在儿女的记忆里，直至长大后想起都激动得泪流满面。去爱你的父亲吧，他已经把全部的爱都已经给了你。

你能紧握我的手吗

叶倾城

　　一位女友在保定读书的时候，一天晚上，突然有人高喊"地震了"。整幢宿舍楼的人顿时像炸窝的蜂群般大乱。她迷迷糊糊跟着人流跑到操场上，夜深如水，她赤裸的双脚冻得不时地摩擦取暖，良久，也不见楼有倒下的迹象。

　　她困得要死，又不敢回到七楼去睡，恍惚记得一楼有间寝室是本班女生的，便沿着漆黑的楼道摸索着进了屋，往床上一歪。

　　醒来之际，只见一条绿军被盖在自己身上，她大骇跳起，一把撩开蚊帐，一个男生转过脸来……面面相对，仿佛山水遭逢刹那。

　　——她摸错了房间。而他随着同学回寝室后，看见一个陌生女孩儿睡在自己床上，便为她盖好棉被，不声不响在床边坐了半宿……三年后她嫁给了他。

　　可是另一位女子的故事却饱含泪水。

　　寻常的中午，她在二十层报社大楼的十五层看小说，朝夕相处的男友与同事们在打牌。不知谁偶尔一抬头，发现电灯线正无缘无故地轻轻摆荡，荡过来，又荡过去，大家看呆了，半响猛地警醒过来："地震了。"

　　她正看得全神贯注，没听见。这一边轰隆隆一片声音，整个办公室跑得精光，也没在意，信手又翻了一页，等她一部小说看完，虚惊一场的同事们说笑着回来，看见她："咦，你怎么还在这里？刚刚地震了你知不知道？"

她大吃一惊，反复盘问心爱的男孩儿："你怎么不喊我？"

"……我以为你知道。"

"那你也没发现缺了我？"

"……发现时，已经下到楼底下了。"

不是他的错吧，当死亡如大军压境，关于生的渴求，是任何人都会一把攫住的一线天。只是，那比骆驼过针眼还要狭窄的隙口，他的爱，不曾通过，而橱窗中她早已看好的婚纱，仍在寂寞地等待……

有一幅漫画是这样说的："你能在大雨里捧着花在我家门前等待吗？你能在千人万人的海滩里认出我游泳衣的颜色吗？你能在众人目光下坦然为我洗袜子吗？你能在大难来临时紧紧握住我的手吗？"

画面上，先是如林密举的手臂，但又一排一排地放下了，到最后，唯有空白……

心灵 寄语

无情的地震帮助人们考验爱情。生死关头，有的人选择自己逃命，有的人用自己的身躯保护住所爱的人，这是一种本能的行为，仓皇逃跑的人，将永久地失去爱。

鲜花中的爱

侍迪·库尔特

父亲头一次送鲜花给我是我9岁那年。那时，我参加了6个月的踢踏舞学习班，准备迎接学校一年一度的音乐会。作为新生合唱队的一员，我感到激动、兴奋。但我也知道，自己貌不出众，毫无动人之处。

真叫人大吃一惊，就在表演结束来到舞台边上时，我听见有人喊我的名字，而且往我怀里放了一束芬芳的长梗红玫瑰。我站在舞台上的情景至今历历在目，脸儿通红通红的，注视着脚灯的另一边。那儿，我父母笑吟吟地望着我，使劲儿鼓掌。

一束束鲜花伴随着我跨过人生的一个个里程碑，而这些花是所有花中的第一束。

快到我16岁生日了。但这对我来说并不是一件值得快乐的事。我身材肥胖，没有男朋友。可是好心的父母要给我办个生日晚会，这给我的心情愈发增加了痛苦。

当我走进餐厅时，桌上的生日蛋糕旁边有一大束鲜花，比以前的任何一束都大。我想躲起来，我没有男朋友送花，只有自己的父亲送了这些花。16岁是迷人的，可我却想哭。若不是我最要好的朋友弗丽丝小声说："呃，有这样的好父亲，真幸运！"我真就哭了。

时光荏苒，父亲的鲜花陪伴着我的生日、音乐会、授奖仪式、毕业典礼。

大学毕业了，我将从事一项新的事业，并且马上就要做新娘了。父亲的鲜花标志着他的自豪，标志着我的成功。这些花带给我欢乐和喜悦，伴随我成长、成熟。父亲在感恩节送来艳丽的黄菊花，圣诞节送来茂盛的圣诞红，复活节送来洁白的百合，生日送来鲜红的玫瑰。父亲将四季鲜花扎为一束，祝贺我孩子的生日和我们搬进自己的新居。

我的好运与日俱增，父亲的健康却每况愈下，但直到因心脏病与世长辞，他的鲜花礼物从不曾间断过。父亲从我的生活中离去了，我买了最大最红的一束玫瑰花放在他的灵柩上。

在以后的十几年里，我时常感到有一股力量催促我去买花来装点客厅，但我却始终没有去买。我想，这花再也没有过去的那种意义了。

又到我的生日了。那天，门铃突然响了，我觉得意外，因为家里只有我一个人。丈夫打高尔夫球去了，两个女儿也出门了，13岁的儿子麦特一大早就跑出去玩儿，根本没提到过我的生日。因此，当我见到麦特站在门口时，心里有些诧异。"我忘带钥匙了，"他耸耸肩说，"也忘记您的生日了。喏，我希望您能喜欢这些鲜花，妈妈。"他从身后抽出一束鲜艳的长寿菊。

"噢，麦特，"我喊道，将他紧紧搂在怀里，"我爱鲜花！"

心灵 寄语

父爱，总是被罩在母爱的光环之下，但父爱，却总是深沉的，无怨无悔的，泪水长流的。不需要任何回报，却始终激励着孩子面对自己的人生！

婚礼上的母亲

那 琰

13岁那年，我失去了父亲。以后的日子是母亲拼命为我撑起了一片少雨的天空，使我顺利地完成了大学学业。

我幸运地被一家大企业录用，待遇很丰厚，在那里工作不到两年，爱神突然降临。深爱我的不是别人，是该企业负责人的儿子。

他仪表堂堂，英俊潇洒，又是重点大学毕业的，各方面都很优秀，我沉浸在恋爱的幸福之中。相处不到半年，他就向我提出了结婚的要求。

我们的婚礼在本市一家最大的酒店里举行。那天，我和他站在酒店门前，迎来了那么多的亲朋好友。一时间，客人们的祝福、赞誉声像潮水般涌来，使我如入梦境，真有点儿飘飘然的感觉。

婚宴开始前，有一个小小的仪式，那就是新郎新娘向双方父母行礼。当主持人告诉我们婚礼即将开始的时候，我看到母亲坐在大厅一个最不显眼的角落，穿戴和平常一样，满头白发。

我心想母亲也不好好打扮一下，这毕竟是女儿的婚礼呀！我后悔自己太忙而没有嘱咐母亲。母亲看上去态度很拘谨，好像手足无措的样子。跟男友父母比，相差实在太远了。

让母亲上台丢人现眼？不！我看着主持人，突然灵机一动，我走过去对主持人悄悄说："我妈身体不好，怕吵，就别让她上前台了吧！"

主持人点点头后，宣布婚礼正式开始了，我们踏着婚礼进行曲，缓缓地走上前台，主持人请新郎父母上台，并说："请新人向父母行礼，感谢他们多年的养育之恩。"

"养育之恩"这四个字，使我的心猛地一颤，望着台下的母亲，我看到她正在抹眼泪。虽然我心里好像有什么东西堵着，可转念又想，我是她的整个世界。我的幸福快乐，就是她的幸福快乐，她此时流的泪水，应该是高兴的泪水吧。

婚礼过后几天，母亲就恋恋不舍地离开了我们，走时眼里一直含着泪花。

半年后，我去参加同事菊的婚宴。当主持人请新郎新娘父母上台时，我一下子怔住了：我看见一位母亲坐着轮椅被人推上前台。主持人介绍："这位是新娘的母亲。"

快言快语的菊接过麦克风："今天是我一生中最幸福的时刻，我要让母亲跟我一起分享幸福。母亲虽然不能像正常人那样走路，但她为我献出了全部的爱。在我的心目中，她永远是伟大的母亲！"顿时，大厅内的掌声掩盖了一切。

就在这一瞬间，我的心像被针扎似的疼痛，想起自己半年前的婚礼，想起在婚礼上流泪的母亲……比起菊，我羞愧得无地自容，此时，我才明白，一时的虚荣，是何等的悲哀！

心灵 寄语

　　其实你不该让你的母亲伤心，虽然她很贫穷，虽然她穿着平常，但是她养育了你一生，难道你就为了你的面子而丢了良心了吗？俗话说，儿不嫌母丑，狗不嫌家贫。当你看到母亲临走前满眼的泪花，你的心是否还会有一丝的痛，一丝的忏悔？

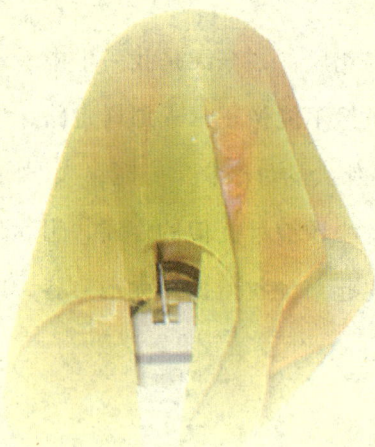

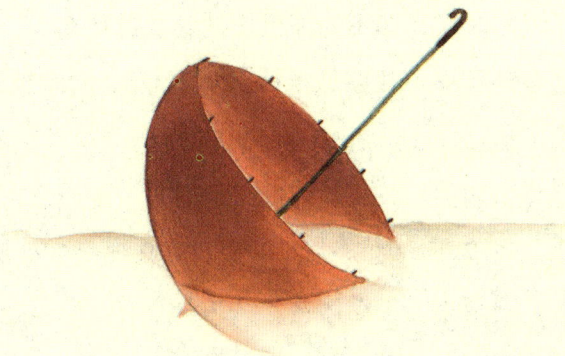

有了爱，
一切都有可能

晓　雪

　　她喜欢美食，却疏于厨艺，如果要下厨，那绝对是一场灾难。他烧得一手好菜，但却给自己定了一个原则——不下厨房，因为这有损他的品牌形象。他们单身时是这样的。

　　现在，两人的生活，他掌勺。洗、切、煎、炒，以及饭后洗碗，都是他一手包办，她只能在旁边观战，却不能动手。因为，他怕油烟污了她的秀发，伤了她的纤手。

　　她喜欢看他做菜的样子，神情专注，动作利落，配菜、下锅、装盘，挥洒自如，一气呵成。看得入迷，她总会情不自禁地骚扰他，从背后抱他一下，或是亲他的耳朵，告诉他："老公，你切菜的样子好帅！"每次，看着透明的锅里蒸气氤氲，鱼肉也渐渐变得雪白，香气慢慢溢出，她总会闭上眼，深呼吸，这味道让她感觉无比幸福。

　　当然，也有例外，每个月末的休息日，他总要出去一天，回来的时候，会感觉有些异样，他总是异常沉默。去做了什么，他从来不说，被追问得急了，也只是笑。于是每月末那一天他的去向成了一个谜。她还是快乐的，然而快乐中又总有一丝阴影，自己像白开水一样透明，而他，却像一坛陈年老酒，隐约闻得到醇醇的香味，但没开封的时候，却不知那里面到底装着什么。

终于有一天，她还是忍不住跟踪了他。早上9点，看着他进了医院，挂号，进了内科，交费，进了治疗室，然后，一直没有出来。

天哪！他会有什么病呢？只要他能健康地活着，她愿意付出任何代价。

她问了走出来正准备下班的大夫，得知，原来他是在做肺泡透析，做完以后两小时内不能发声，刚做完，正在休息。

终于知道，他大学时曾经煤气中毒，引发了帕金森氏病，后来虽然通过手术治疗痊愈，但他的呼吸系统非常脆弱，不能适应烟尘环境，他们在一起以后，他就几乎每个月都过来检查一次，做肺泡透析。

她真的好恨自己，为什么那么笨，居然任他为爱透支自己的身体！那一天，她决定要学着做菜，她相信，总有一天，她会成为一个高手。

有了爱，一切都有可能。

心灵 寄语

为了爱，他不顾自己的身体；为了爱，她愿意改变自己。人世间的爱就是具有那么大的动力，有时候为对方付出也是一种快乐，为了爱珍惜对方吧，因为幸福是建立在爱的基础上的。

超越极限

易 容

　　能让我们超越极限的力量，不是名利，不是财富，甚至连自己的生命都不是，而是在血管里涌动，一次次漫过心底的爱。

　　电视台正在播放一档新节目，名为《超越极限》。参赛者被选中后，需在规定时间内吃掉一盘让人毛骨悚然的食物——活的蚯蚓、蜘蛛……场面刺激，直接挑战人的嘴、胃和心理承受能力。

　　那期节目从头到尾，尝试者不乏其人，但几番努力，终于还是败下阵来，到最后竟无一人过关。

　　妻说："换了我，我也无论如何吃不下去，真恶心呢。"在女人中，妻算勇敢的了，一次在车上遭遇小偷儿，人人明哲保身，视而不见，唯妻挺身而出，把包甩过去，将小偷的刀打落在地。

　　"那要是给你很多钱呢？"我故意问，"比如说两万，你敢不敢吃下去？"

　　妻毫不犹豫地摇头。

　　"两万太少，要是两千万呢？一辈子锦衣玉食，你吃不吃？"我接着寻找可能的条件。

妻想了一会儿，仍摇头："确实诱人。但要真吃下那盘东西，我想我下半辈子再也吃不下任何东西了。人生无乐趣，要那么多钱有什么用？"

我笑："如果发生灾难，不幸被压在石堆下等待救援，无食无水，只有这些东西可以维生，我想那时候任何人都吃得下去了。"

妻说："也许那时我会吃吧，饿得晕头转向，求生的本能会战胜一切恐惧和恶心。"

"所以说想要超越极限，必须将人置于死地，否则人的潜能就不会发挥到极致。"我得意地作总结。

妻沉思着。

良久。她开口，一字一顿："有一种条件，我一定会将它整盘吃下去，毫不勉强，心甘情愿。"

我问："什么？"

妻说："如果能让父亲回来。"

妻的父亲去年因肝癌去世，妻在病榻前陪伴数月，用尽所有办法，却始终无力回天，眼睁睁看着老人怀着对人世无比的留恋而离去。那一段刻骨铭心的记忆遂成妻心口永远的痛，时至今日，每每午夜梦回，泪湿枕巾，常说又见到父亲笑容依旧，宛如生时。

"如果能让父亲回来，那算得了什么呢？"妻的眼圈红了，面容却透着坚定。

我听着妻的话，一颗心不由得被深深震撼了。

原来，许多时候，能让我们超越极限的力量，不是名利，不是财富，甚至连自己的生命都不是，而是在血管里涌动，一次次漫过心底的爱呀。

心灵寄语

　　所谓极限，是指人的耐力所能达到的顶点，这种极限不是任何人都能超越的，它让人将自己置于死地，有些人，肯于把自己的肾移植给亲属，有的人肯在死以后把身体的某个器官捐献出来，难道你不觉得这也是超越极限吗？的确，这种超越极限，不为名，不为财，只为那份漫过心底的爱。

未上锁的门

安德森

在苏格兰的格拉斯哥，一个小女孩儿像今天许多年轻人一样，厌倦了枯燥的家庭生活和父母的管制。

她离开了家，决心要做世界名人。可不久，她每次满怀希望去求职时，都被无情地拒绝了。她只能走上街头，开始出卖肉体。许多年过去了，她的父亲死了，母亲也老了，可她仍在泥沼中醉生梦死。

期间，母女从没有什么联系。可当母亲听说女儿的下落后，就不辞劳苦地找遍全城的每个街区，每条街道。她每到一个收容所，都停下脚步，哀求道："请让我把这幅画贴在这儿，好吗？"画上是一位面带微笑、满头白发的母亲，下面有一行手写的字："我仍然爱着你……快回家！"

几个月后，没有什么变化。一天，女孩儿懒洋洋地晃进一家收容所，那儿，正等着她的是一份免费午餐。她排着队，心不在焉，双眼漫无目的地从告示栏里随意扫过。就在那一刻，她看到一张熟悉的面孔："那会是我的母亲吗？"

她挤出人群，上前观看。不错！那就是她的母亲，底下有行字："我仍然爱着你……快回家！"她站在画前，泣不成声。这会是真的吗？

　　这时，天已黑了下来，但她不顾一切地向家奔去。当她赶到家的时候，已经是凌晨了。站在门口，任性的女儿迟疑了一下，该不该进去呢？终于，她敲响了门，奇怪！门竟然自己开了，怎么没锁门？不好！一定有贼闯进去了。记挂着母亲的安危，她三步并作两步冲进卧室，却发现母亲正安然地睡觉。她把母亲摇醒，喊道："是我！是我！女儿回来了！"

　　母亲不敢相信自己的眼睛。她擦干眼泪，果真是女儿。娘儿俩紧紧抱在一起，女儿问："门怎么没有锁？我还以为有贼闯进来了。"

　　母亲温柔地说："自打你离家后，这扇门就再也没有上锁。"

心灵 寄语

　　面对一个堕落的女儿，一个平凡而伟大的母亲，却在用自己的方式演绎着一份最不平凡的爱。无论儿女遭遇了怎样的痛苦与困境，母亲的怀抱永远都是我们停泊的港湾。

无价之宝

父亲以他那特有的坚强影响着儿子，儿子以他那特有的方式回报了父亲，那双鞋是父亲留给他的无价之宝，它让人懂得了坚强的含义。

等 待

佚 名

一对情侣在茶馆里发生了口角,互不相让。然后,男孩儿愤然离去,只留下他的女友独自垂泪。心烦意乱的女孩儿搅动着面前的这杯清凉的柠檬茶,泄愤似的用匙子捣着杯中未去皮的新鲜柠檬片,柠檬片已被她捣得不成样子,杯中的茶也泛起了一股难以入口的柠檬皮的苦味。女孩儿叫来服务生,要求换一杯剥掉皮的柠檬泡成的茶。服务生看了一眼女孩儿,没有说话,拿走那杯已被她搅得很浑浊的茶,马上端过来一杯冰冻柠檬茶,只是,茶里的柠檬还是带皮的。原本就心情不好的女孩儿被服务生的举动完全激怒了,更加恼火了,她又叫来服务生,"我说过,茶里的柠檬要剥皮,你没听清吗?难道你分不清什么是去过皮的柠檬什么是不去皮的柠檬?"她愤怒地斥责着服务生。服务生显然已有心理准备,看着她,他的眼睛清澈明亮,"小姐,请不要着急。"他说道,"你知道吗,柠檬皮经过充分浸泡之后,它的苦味溶解于茶水之中,将是一种清爽甘洌的味道,这正是现在的你所需要的。所以请不要急躁,不要想在3分钟之内把柠檬的香味全部挤压出来,那样做会适得其反,只会把茶搅得很浑,不仅于事无补,而且会将事情弄得一团糟。"

女孩儿愣了一下，心里有一种被触动的感觉，她望着服务生的眼睛真诚地问道："那么，要多长时间才能把柠檬的香味儿发挥到极致呢？"

服务生笑了："12个小时。12个小时之后柠檬就会把生命的精华全部释放出来，你就可以得到一杯美味到极致的柠檬茶，但你要付出12个小时的忍耐和等待，不知道小姐你可否愿意。"

女孩儿半信半疑："12个小时？你开玩笑吧，难道别人喝一杯茶都需要等上12小时？"

"小姐，12个小时只是漫长人生很短的一瞬间，可是有时候12个小时足以影响一个人的一生。"服务生顿了顿，又说道，"其实不只是泡茶，生命中的任何烦恼，不论事情大小，只要你肯付出12个小时忍耐和等待，就会发现，事情并不像你想象的那么糟糕。"

女孩儿看着他，似乎没有琢磨透服务生的话。她用一种迷茫同时又带点儿无助的眼神望着服务生。

服务生又微笑着说："我只是在教你怎样泡制柠檬茶，顺便和你讨论一下用泡茶的方法是不是也可以泡制出美味的人生。有机会的话，不如你自己亲手泡制一次柠檬茶，等上12个小时，在这12个小时中你可以仔细想想我今天对你说的话。在12个小时过后，你自己看看是不是像我说的那样。"

说完，服务生鞠躬微笑着离去。

女孩儿面对一杯柠檬茶静静沉思。女孩儿回到家后迫不及待开始自己动手泡制了一杯柠檬茶，她把柠檬切成又圆又薄的小片，放进茶里。

女孩儿静静地看着杯中的柠檬片，她看到它们慢慢张开来，好像有晶莹细密的水珠凝结着。她被感动了，她感到了柠檬的生命和灵魂慢慢升华，缓缓释放。

12个小时以后，她品尝到了她有生以来从未喝过的最绝妙、最美味的柠檬茶。女孩儿明白了，这是因为柠檬的灵魂完全

深入其中，才会有如此完美的滋味。

门铃响起，女孩儿开门，看见男孩儿站在门外，怀里的一大捧玫瑰娇艳欲滴。

"可以原谅我吗，我的公主。"他幽幽地问。

女孩儿笑了，拉他进来，在他面前放了一杯柠檬茶。

"今天在茶馆坐了那么久还没有喝够？"他露出她最为熟悉的笑容。

"让我们来一个约定，"女孩儿一本正经说道，"以后，不管遇到多少烦恼，我们都不许发脾气，定下心来想想这杯柠檬茶。"

"为什么要想柠檬茶？"男孩儿对此困惑不解。

"因为，我们需要耐心等待12个小时。"

心灵 寄语

生活就像是一杯柠檬茶，你用足够的耐心去泡制它，它就能散发出诱人的香味儿，如果你急于求成，胡乱地搅拌它，它就会变成一杯浑浊的茶，每个人对待生活都要像泡茶一样，你才能品到生活的甜美滋味。

你查字典了吗

思 思

如果有人这样询问你，你一定要查一查字典。

男孩儿深恋女孩儿，但他一直不敢向女孩儿直言求爱。女孩儿对他也颇有情意，但却是始终难开金口。两人试探着、退缩着、亲近着、疏远着——不要嘲笑他们的懦弱，也许初恋的人都是如此拒绝和畏惧失败吧。

一天晚上，男孩儿精心制作了一张卡片，在卡片上精心书写了多年藏在心里的话，但他思前想后，就是不敢把卡片亲手交给女孩儿。于是他到饭店喝了酒，壮了胆子，去找女孩儿。女孩儿一开门，便闻见扑鼻的酒气。看见男孩儿微醺着的脸，心中便有一丝隐隐的不快。"有什么事吗？"

"来看看你。""我有什么好看的！"女孩儿没好气地把他领进屋。男孩儿把卡片在口袋里揣摸了许久，硬硬的卡片竟然有些温热和湿润了，可他还是不敢拿出来。面对女孩儿含嗔的脸，他心中充溢着春水般的柔波，也许是因为情绪的缘故，女孩儿的话极少。桌上的小钟指向了11点钟。"我累了。"女孩儿慵懒地伸腰，慢条斯理地整理着案上的书本，不经意的神情中流露出辞客的意思。男孩儿突然灵机一动。他百无聊赖地翻着一本大字典，又百无聊赖地把字典放到一边。过了一会儿，他在纸上写下一个"嘤"字问女孩儿："哎，你说这个字念什么？""yīng，"女孩儿奇怪地看着他，"怎么了？"

"是读'yáo'吧。"他说。"是'yīng'。""我记得就是'yáo'。我自打认识这个字起就这么读它。""你一定错了。"女孩儿冷漠地说。他真是醉了。她想。

男孩儿有点儿无所适从。过了片刻，他涨红着脸说："我想一定是念'yáo'。不信。我们可以查查，呃，查查字典。"

他的话竟然有些结巴了。"没必要，明天再说吧。你现在可以回去休息了。"女孩儿站起来。"查查字典好吗？"他轻声说，口中含着一丝恳求的味道。女孩儿心中一动，但转念一想：他真是醉得不浅。于是，柔声哄道："是念'yáo'，不用查字典，你是对的。回去休息，好吗？""不，我不对我不对！"

男孩儿急得几乎要流下泪来："我求求你，查查字典，好吗？"

看着他胡闹的样子，女孩儿想：他真是醉得不可收拾。她绷起了小脸："你再不走我就走。"男孩儿急忙站起来，向门外缓缓走去。"我走后，你查查字典，好吗？"

"好的。"女孩儿答应道。她简直想笑出声来。男孩儿走出门。女孩儿关灯睡了。然而女孩儿还没有睡着，就听见有人敲她的窗户。轻轻地，有节奏地叩击着。

"谁？"女孩儿在黑暗中坐起。"你查字典了吗？"窗外是男孩儿的声音。"神经病！"女孩儿道。而后她沉默了。"你查字典了吗？"男孩儿依旧不停地问。"我查了！"女孩儿高声说，"你当然错了，你从始到终都是错的！""你没骗我吗？""没有。"

男孩儿很久很久没有说话。

"保重。"这是女孩儿听见男孩儿说的最后一句话。当男孩儿的脚步声渐渐消失之后，女孩儿仍然在偎被坐着。她睡不着。"你查字典了吗？"她忽然想起男孩儿这句话，便打开灯，翻开字典。在"嘤"字的那一页，睡卧着那张可爱的卡片。上面是再熟悉不过的字体："我愿意用整个生命去爱你，你允许吗？"

她什么都明白了。

明天我就去找他，她想。那一夜，她辗转未眠。

第二天，她一早出门，但是她没见到男孩儿。男孩儿躺在太平间里。他死了。他以为她拒绝了他，离开女孩儿后又喝了很多酒，结果真的醉了，车祸而死。女孩儿无泪。

她打开字典，找到"罂"字。里面的注释是："罂粟，果实球形。未成熟时，果实里有白浆，是制鸦片的原料。"

人生中一些极珍贵的东西，如果不好好留心和把握，便常常会失之交臂，甚至一生难得再遇再求。而这些逝去的美好会变成一把锋利的刀子，一刀一刀地在你心上剜出血来。命运的无常和叵测，有谁能够明了和预知呢？

"你查字典了吗？"如果有人这样询问你，你一定要查一查字典。或许你会发现：你一直以为对的某个字，其实是错误的。或者还有另一种读法。

心灵 寄语

这是谁的过错？也许他太胆小，不敢表达自己的爱，也许她太麻木，没有领会男孩儿的心，说一个"爱"字真的很难吗？用心地把握和留意你身边最珍贵的东西吧！否则你将永远的后悔。

给美丽做道加法

采 青

就像平静的湖面中落下了一枚银币，突然的声响，惹得满教室的花朵晃起来。坐在最后靠窗的同学，弄碎了一面小镜子。

这是上午的第二节课，老师的讲述已停下来，同学们正进行课堂练习。初冬的阳光从窗外涌进来，流淌在摊开着的课本上的字里行间。在教室的课桌间来回踱步，看长长短短的七排秀发及秀发下亮晶晶的112粒黑葡萄，捕捉沙沙的写字声合成的音乐，男老师感觉到自己好像一位农民在田间小憩，擦汗的同时聆听着庄稼的拔节之声。

一个小姑娘心爱的小镜子摔坏了。

教室里有了低低的议论：

"臭美！扮啥酷哇！"

"上课怎么能照镜子？"

"活该受批评了。"

"看老师怎么办？"

老师没有言语，他有意无意地听着同学们的每一句议论。这些女孩子呀，都是十五六岁年龄，作为旅游职中的新生，脸蛋儿身材口齿当初都曾经过精心挑选，一笑甜爽爽的，开了口也如一巢出窝的小鸟，三五分钟是静不下来的。男老师的心里笑着，他知道他们在等讲台上的反应。

其实，开始练习后不久，老师就看见那位同学悄悄摸出了小镜子。他看到她将镜片偷偷压在作业下，写几笔作业就照一照。借着阳光，一只淡黄色的蝴蝶发夹舞动在她的前额，花季的脸真是漂亮。

男老师想提醒她，但一时没有想好合适的话。现在经同学一催化，他忽然有了一种灵感。

他微笑着先开口问了一个物理问题。

"请说说平面镜的作用。"

"有反射作用。"这很简单，全班56个同学几乎异口同声地回答。

"是呀。"老师说，"同学们，几分钟前，我们教室里56位同学变成了57朵花，有一个同学借镜子反射出一朵。但是，镜中的花是虚的，镜片只能反射美丽，并不能增加美丽。要增加美丽或者让美丽在岁月雨雪风霜前不再成为一笔减数，或者保持总数不变，我们唯一的办法是从另一方面给它再一笔笔添上加数。这加数是指：我们一次次做进步的努力，一次次为自己的目标不轻言放弃，或者，一次次向我们的周围伸出自己的手。而此刻，对坐在教室里的你来说，帮助你增加美丽的是你桌上的书本。"

再也没有任何声音，一池吹皱的春水再度平静。

当天晚自习时，照镜的小女孩儿在日记中写下了这么一句话——给美丽做道加法。

心灵 寄语

人人都有爱美之心，一面镜子只能照出人的表面，但它不能反映出一个人的内心，聪明的男老师以他那特别的方式，告诉同学们只有加倍的努力，才能让你的内在与外表一样美丽。

天使的爱情

赵文宏

爱情只能拥有，不可占有。

天使尚且如此，人间该如何相爱呢？相信这个短小的故事，足以回答这个复杂的问题。

从前，一位天使路过山涧的时候，遇到一位女孩儿。他们相爱了，就在山上建造了爱的小屋。

天使每天都要飞来飞去，但他真的很爱这位女孩儿，得空的时候都来陪伴她。

一天，天使带着心爱的女孩儿，在山间散步。忽然，他说："如果有一天，你不再爱我了，我会离开你。因为没有爱的日子，我活不下去。那时候，我就会飞到另一个女孩儿的身边。"

女孩儿看了天使一会儿，坚定地说："我永远爱你！"

他们的日子过得挺幸福。但是，每当女孩儿想起天使的那句话，就开始烦躁不安了。她总觉得天使说不定哪一天就会离开她，飞到另一个女孩儿的身边了。于是，一天晚上，女孩儿趁着天使熟睡的时候，把天使的翅膀藏了起来。

天亮以后，天使生气地说："把我的翅膀还给我！为什么要这样？你不爱我了，你不爱我了……"

"我没有，我还是爱你的！我没有藏你的翅膀，真的，相信我好吗？"

"你骗人，你说谎，我不相信你了，我感觉你不爱我了！"

当他从柜子里找出翅膀后，就头也不回地飞走了。

女孩儿很难过，也很怀念那段美好的生活。她后悔了，就独自坐到山头的风口上，默默地忏悔："纵然我爱你爱得发狂，也不能剥夺你自由飞翔的权利，是吗？我应该给你足够的自由，让彼此有喘息的空间。我现在真的懂了，你还能回来吗？……"

忽然间，天使出现了。他温柔地说："我回来了，亲爱的！"

"你真的不走了，真的还爱着我？"

天使微笑着说："我感觉到，你还是爱我的，对吗？只要你还爱着我，我就一直爱着你，直到你又不再爱我的时候。"

生活中有些人，就像那个女孩儿一样，用爱当作借口，约束着对方。这样的爱情不但苦了自己，也苦了对方。时刻都不要忘了：爱情只能拥有，不可占有。不管你如何地爱一个人，也不能阻碍他自由飞翔的权利。

心灵 寄语

如果你真爱一个人，就应该给他一定的空间，就像是你用手抓一把沙子，你抓得越紧，留在手里的沙子就会越少。爱情也是这个道理，你把对方管得紧紧的，他会感到喘不过气来，于是，他就想挣脱出去。

无价之宝

忆 莲

威廉12岁时，他的父亲因工伤失去了一条腿，在医院里，望着哭得死去活来的他，父亲对他笑着说："哭什么？这样一来不是更好吗？以后你只要擦一只皮鞋就够了。"

从那一天起，他真正从父亲身上发现：天塌下来，也可以把它当成被子盖。长大后，他经过几年的艰苦创业，终于成为一个不算很出色但却十分成功的商人。

在父亲60岁生日时，威廉手捧一只破旧但洁净的皮鞋，对父亲说："这是我珍藏多年的无价之宝，父亲，我谢谢您！"

他父亲看到20年前的那只皮鞋，老泪纵横，然后语重心长地说："儿子，我没有白丢一条腿，值得呀！"

心灵寄语

　　父亲以他那特有的坚强影响着儿子，儿子以他那特有的方式回报了父亲，那只鞋是父亲留给他的无价之宝，它让人懂得了坚强的含义。

一生的母爱

佚 名

　　有一个朋友，经常不修边幅，加上浓密的八字胡，总给人一种粗放莽汉的感觉。那天，一帮朋友聚会，聊着聊着就聊起各自的母亲，这个西北大汉居然细腻、温柔起来。他娓娓地讲述着母亲生前关爱他的一些小事，听者无不为之动容……

　　夜深了，下了整整两天的梅雨还在淅淅沥沥地敲打着楼外的玻璃窗，发出"吧吧嗒嗒"的响声，母亲轻轻地走出她的小房，走到房门口的鞋架前，弯下腰来……

　　随着职务的不断提升，不仅手头的工作多了，应酬也多了，我回家也就无规律了。妻子渐渐习惯了我的忙碌，每每回家太晚，抱怨几句便不再理睬我。一次深夜回家，看到母亲在她的房门口，显然是在等我。我带点儿责备地说她："娘，不用惦记我，我没事的，您都这么大年纪了，该多休息。"我母亲结结巴巴地说："娘知道，娘担心你……"

　　从那以后，再没看到母亲等在房门口。

　　母亲只有我这么个独子，因为父亲早亡，我结婚后，母亲便跟着我和妻子同住。小学还没毕业的母亲，始终牵挂着我，爱着我，却最大限度地给我飞翔的自由。

这一天，我深夜才到家，屋里传来清脆的钟声——是客厅墙上老式挂钟报时的声音。抬手看看表，12点整。"他们应该都睡了吧。"我想着，轻手轻脚开门关门，换鞋进房间……

第二天吃早点时，母亲突然对我说："你昨天晚上怎么回来那么晚？都12点了吧？这样不好……"我突然愣住了，不知道母亲会这么清楚。我一边往母亲碗里夹菜，一边敷衍道："娘，我知道了。"

此后每次回去晚了，第二天母亲总是能准确说出我回家的时间，但不再多说什么。我知道母亲是在提醒我别回家太晚，提醒我不要对家太疏淡。而我心头的疑问越来越大：每次晚归，母亲怎么会知道的呢？

母亲在她43岁那年，因为一场意外，双目失明，此后就一直生活在无光的世界。

那晚，我又是临近12点回到家中。因为酒喝多了，就没有直接回房间睡觉，悄悄去了阳台，想吹吹风，清醒一下。站了一会儿，大厅传来了报时的钟声，12下，清脆而有节奏，我便轻轻地走回房间。

刚到门口，我呆住了，月光下，母亲正俯身在鞋架前，摸索着鞋架上的一双双鞋——她拿起一双在鼻子前闻一闻，然后放回去，再拿起一双……直到闻到我的鞋后，才放好鞋，直起身，转回她的房间。原来，母亲每天都在等待我的回来，为了不影响我和妻子，她总凭借鞋架上有没有我的鞋判断我是否回到家中，总是数着挂钟的钟声来确定时间，而她判断我的鞋子的方法竟然是依靠鼻子来闻。我的泪水悄然滑出我的眼眶。我已经习惯以事业忙碌为借口疏淡了对母亲的关心，但母亲却像从前一样牵挂着我。一万个儿子的心能不能抵得上一位母亲的心呢？

　　从那以后，我努力拒绝一些不必要的应酬，总是尽量早回家。因为我知道，家中有母亲在牵挂着我。

　　母亲是63岁那年病逝的。她去世后，我依然保持早回家的习惯。我总感觉，那清朗的月光是母亲留下来的目光，每夜都在凝视着我。

　　又在深夜，下了整整两天的梅雨还在淅淅沥沥地敲打着楼外的玻璃窗，发出"吧吧嗒嗒"的响声，母亲从我的记忆深处轻轻地走出她的小房，走到房门口的鞋架前，弯下腰来……我知道，母亲是在察看鞋子，是在看我有没有回家。

心灵 寄语

　　人人都有母亲，当你有了孩子的时候，你才体会到一种母爱，这就是人们所说的不养儿不知父母恩。母亲用奶水喂养了孩子，孩子长大了，又用奶水喂养她的后代，生命就是这样延续下去，伟大的母爱就这样传递下去。

20美元的价值

慕 菡

　　一位爸爸下班回到家很晚了，很累并有点儿烦，他5岁的儿子靠在门旁等他。
"我可以问你一个问题吗？"

　　"什么问题？"

　　"爸爸，你1小时可以赚多少钱？"

　　"这与你无关，你为什么问这个问题？"父亲生气地说。

　　"我只是想知道，请告诉我，你1小时赚多少钱？"小孩儿哀求。

　　"假如你一定要知道的话，我1小时赚20美金。"

　　"喔，"小孩儿低下了头，接着又说，"爸，可以借我10美金吗？"

　　父亲发怒了："如果你问这问题只是要借钱去买毫无意义的玩具的话，给我回到你的房间并上床。好好想想为什么你会那么自私。我每天长时间辛苦工作着，没时间和你玩儿小孩子的游戏。"

　　小孩儿安静地回到自己的房间并关上门。

　　父亲坐下来还生气。约一个小时后，他平静下来了，开始想着他可能对孩子太凶了——或许孩子真的很想买什么东西，再说他平时很少要钱。

父亲走进小孩儿的房间："你睡了吗，孩子？""爸，还没，我还醒着。"小孩儿回答。

"我刚刚可能对你太凶了，"父亲说，"我将今天的气都发泄出来了——这是你要的10美金。"

"爸，谢谢你。"小孩儿欢叫着从枕头下拿出一些被弄皱的钞票，慢慢地数着。

"为什么你已经有钱了还要？"父亲生气地说。

"因为这之前不够，但我现在足够了。"小孩儿回答，"爸，我现在有20美金了，我可以向你买一个小时的时间吗？明天请早一点儿回家——我想和你一起吃晚餐。"

心灵 寄语

父亲因为忙忽略了与孩子的交谈，可怜的孩子想用美金来买和父亲吃一顿饭的时间，这是一个很小的要求。有时候你不经意间就忽略了对孩子的关心，这是一个父亲的失职，要知道教育孩子与工作同样重要。在你的生活中，还有比挣钱更重要的，那就是父子之情。

爱，成功的财富

秋　旋

两位妇人走到屋外，看见前院坐着三位长着又长又白胡须的老人。虽然她并不认识他们，但是依然十分友好地对他们说："也许我们并不熟悉，但是我想你们应该很饿了，请进来吃点儿东西吧。"

"家里的男主人在吗？"老人们问。

"不在，"妇人说，"他出去了。"

"那我们不能进去。"老人们回答说。

傍晚丈夫回到家里，妇人将事情的经过告诉了他。丈夫说："告诉他们我在家里了，请他们进来吧！"于是，妇人将三位老人请进屋内。

"我们不可以一起进一个房屋。"老人们说。

"为什么呢？"妇人感到迷惑不解。

其中一位老人指着他的一位朋友说："他的名字是财富。"然后又指着另外一位说，"他是成功，而我是爱。"接着又补充说，"你现在进去和你丈夫商量一下，要我们其中的哪一位到你们的家里。"

妇人进去告诉了丈夫。丈夫非常兴奋地说："那赶快邀请财富进来！"

妇人却表示不同的意见："亲爱的，为什么不邀请成功进来呢？"

他们的儿媳妇在屋内的另一个角落聆听他们谈话，并提出自己的意见："我想应该先邀请爱进来。"

思考了一下，丈夫对妇人说："就照儿媳妇的意见吧！"于是，妇人又来到屋外，问道："请问哪位是爱？"爱起身朝屋子走去。另外二者也跟着他一起进入屋内。妇人惊讶地问财富和成功："我只邀请爱，怎么你们也一道来了呢？"

老人齐声回答："如果你邀请的是财富或成功，另外二人都不会跟进，而你邀请爱的话，那么无论爱走到哪儿，我们都会跟随。"

心灵 寄语

这是一个非常有意思的故事，它告诉我们一个非常简单的道理，人们无论走到哪里，都要把爱带着，因为世上如果没有了爱，人活着也就没有意义。只要心中有了爱，人们能创造财富，只要心中有了爱，人们能战胜一切困难最终走向成功。

点燃心灵之火

贝 克

劳动更深的意义是：赋予物质报酬的同时，也给予你对自我的肯定与尊重。

我祖父常说，工作是生活的核心。他与我祖母两人毕生都精心经营着一个农场。他们养了奶牛、鸡、猪，还种植各种蔬菜，自给自足，乐在其中。即使在经济大萧条的那段岁月里，他们也未受太多的影响，而那段岁月里却有许多人曾失掉工作，流离失所，有的甚至漂泊到这远离城市的农场来。

祖父记得，第一个来到他们农场的是个衣衫褴褛但举止文雅的人。他摘掉帽子向祖父行了礼，然后解释说自己已经两三天没有进食了，希望能找点儿活儿干。祖父打量了他一下，回答道："后院围墙边有堆木柴，我想请人把它们搬到院子的另一边。你在午餐前会有足够的时间搬完它们的。"说着，他伸出结硬茧的大手紧紧握了一下那男子的手。

祖母回忆说，当时那人眼睛霍然一亮，然后就匆忙跑到后院开始工作，她则在餐桌前添了一张凳子，又特意烤了一张苹果饼。午餐时，那陌生人极少说话，但当他离开时，他的腰板儿却直了许多。"没有什么比失去自尊对一个人的打击更大了。"祖父后来对我讲。

那人走了几天后，另一个人来到农场请祖父给点儿食物吃。这人穿了套服，还随身带了一只有些破旧的手提箱。当时祖父正在割草，他擦了擦手，同那人握手道："我后院的墙边有一堆木柴，希望你能代我把它们搬到院子的另一边，然后我们全家将高兴能与你共进午餐。"那人立即脱下套服，投入工作……

祖母说，她已不记得那时曾有多少陌生人去过他们的农场并且与他们一同用餐，更不记得后院中的那堆柴火被搬来搬去多少次，但她与祖父都晓得，在那段日子里，那堆干柴，可以用来点燃人们的心灵之火。

心灵 寄语

祖父与祖母用一堆木柴，点燃了一个又一个陷入绝望而失去自尊的心灵，给了他们面对未来的坚强与勇气。他们，岂止是善意的施舍，更是对人格的尊重与发自内心的爱。

栀子花香

冷　薇

母亲去世后，父亲老得很快。

没有栀子花了。父亲喃喃地说。

我知道父亲在说什么。母亲在世时，每到栀子花开时节，母亲每天都会从外边买好多的花回来，父亲总是满脸的喜悦。

我问母亲，世界上那么多花，父亲为什么偏偏喜爱栀子花？

母亲看我不再是小孩子了，而且母亲知道自己患了绝症，才告诉了我事情的真相。原来，父亲与母亲的婚姻是包办的，在婚前根本没见过面。父亲对包办的婚事很不满，即使所在的部队路过家门，也是硬不回头看一眼。

就在那次路过家乡的时候，父亲被敌人的炮弹炸伤了眼，被安置在一位老乡家里。老乡的女儿以女人特有的细心与温情照顾了父亲。父亲是裹了纱布跟部队一起走的。临走时，老乡女儿折了一捧栀子花放在了父亲的担架上。父亲没见过那女孩儿，但父亲从此永远不能忘记那个和栀子花一样清香的女孩儿。

其实，你父亲不明白，那个女孩儿……就是我！母亲说。那您为什么不告诉父亲？

告诉他，他会相信吗？其实让他心里留着点儿永远值得回忆的东西，他会活得更好。

母亲去世后，父亲的情形让人堪忧，许多长辈提醒我——你得让他心宽一点儿……有一天，我买了一大捧栀子花抱回家。父亲眼里盈满了泪，开始讲述那个与栀子花一样清香的女孩儿的故事。也许是为母亲鸣不平，我终于叫了起来，那是我母亲！

父亲惊讶地看着我，说，你也……知道？这下轮到我惊呆了。我早就知道是你母亲，可我不想说明。我望着父亲苍老的面容，突然有种深深的感动，母亲和父亲共同度过风风雨雨的几十年里，一直有种暗香，栀子花的暗香，深深地浸透在他们共同的岁月里。

心灵 寄语

有的花香气扑鼻，有的花只有淡淡的暗香，栀子花就是这种。父亲之所以喜欢栀子花，是因为它不张扬，悄悄地把香气留给人们，其实父亲是把母亲当作了栀子花，他爱她，因为她永远地默默地为别人付出。

有一种爱

慕 菌

一春的花，在那一瞬间凋谢了。医生面色凝重地宣布：白血病。尖叫、震惊、拒绝相信，她终于失声啜泣，身边，默默伸出一双关爱的手。

他是辗转的熟人，随她的同事一同前来探望，却在众人走散后留下来。也不多说什么，只沉静地为她拭泪："不要怕。"

当死亡如海啸般决堤而来，她被抛在孤岛中央，人群一拥而来地看望，又随即匆匆而去，她与人世隔着浩瀚的大水。只有他，每天都来，捧一束芬芳的小花，为她擦汗，在她因为化疗而脱成枯草的发上别一只红苹果发夹，轻轻抱一抱她单薄如蜻蜓的肩胛。而在她最绝望最放弃的时候，他有着那样沉毅的面容："坚持下去，总会有希望的，你还这么年轻。"臂膀那样有力，可以在上面靠一生。

为他眼中的温存，她不舍得死。终于支撑到五月熏风，她双颊重又泛起桃红，最后的结论出来了：青春期贫血。她扑进他怀里，惊喜得语无伦次，第一个把这消息告诉他。他却紧紧拥住她，缓缓滴下泪来。都以为是一场穿越生死的情爱，他却悄然离去。很久之后她才知道，就在半年前，下着第一场雪的冬日，他的女友离去了——白血病。他并没有哭，却在她的葬礼上说："我对你的爱，永存。"而有一种爱，像遥远的大海，即使被酷日蒸干了水分，它仍会化作甘霖，洒遍饥渴的大地。

心灵寄语

这种爱超越了时空，超越了世俗，这种关爱是无私的，不需要理由，不需要相识。相信只要人人都伸出爱的双手，这世界到处都会盛开爱的花朵。

妈妈的期盼

佚 名

自从1988年踏进湖北宜昌农校大门，妈妈的期盼就一直伴随着我的学习、工作和生活。在著名的茶乡——湖北宜昌邓村，朴实善良的妈妈哺育我长大。1988年我初中毕业，妈妈期盼我考一个好学校，在我接到宜昌农校录取通知书的那一刻，是妈妈鼓励、支持我，东借西凑一千多元学费，为我准备了木箱、衣被和日常用品，安排大哥送我上学。20世纪80年代末期的邓村交通不便，信息不畅，上学报到的那天清早，妈妈给我煮了鸡蛋，送我到公路上搭乘班车。上班车的那一刻，妈妈满怀期望眼含泪水叮嘱我："一个从小到大从未进过城的农村娃能考上一个学校不容易，一定要争气，好好学习。"在妈妈的期盼中，我踏上了宜昌农校学习的旅程。

新环境、新面孔，宜昌城的花花世界，让我静心的还是妈妈的期盼，不攀比、不逛街、不乱花钱，多给妈妈写信，让妈妈少一份牵挂。第一学期结束，刚下班车，妈妈第一个冲上来拉着我问寒问暖，嘴里唠叨着："我连续做了好几个梦，终于把你盼回来了。"一个寒假，妈妈给我上了一课又一课，叮嘱再三，学习不能开小差，在学校里要"身稳、嘴稳、手稳"。春节迎来一场大雪，海拔上千米的邓村班车停开，这可急坏了妈妈，天天请人看天气(当时没有电视和广播)。最后妈妈还是让爸爸、哥哥二人徒步踏雪四十里送我到太平溪搭班车上学。妈妈悬着的心直到爸爸、哥哥安全返回才落下来。宜昌农校学习的四年，妈妈迎来送往无数个期盼。完成学业毕业分配时，妈妈希望能离她近一点儿。1992年我被分配到紧邻邓村的乐天溪镇工作，操劳四年的妈妈终于露出了欣慰的笑容。

我参加了工作，家的经济负担减轻了许多，妈妈更多的是期盼我好好珍惜这份工作。每逢假期和双休，我回到妈妈身边，妈妈总要炖一碗腊肉，让我饱餐一顿。还要和我聊聊我的工作，嘱咐我要虚心钻研，当会计账要做好，不要忘了自己是农民的日子，要诚心对待农民群众。记得有一次回家后到邓村集镇上买东西，邻居请我带三个做衣服的锁边线，我把线丢失在班车上。妈妈知道后，掏出自己采茶的钱上门退给了邻居。妈妈告诫我：用钱买教训值得，就是自己吃亏，也要讲信用，工作中切记千万不可马虎。

一晃参加工作十多年了，妈妈已年过六十，脸上的皱纹载着对我几十年的期盼，换来的应该是享受幸福的晚年，但妈妈和爸爸二老没有增加我们兄弟的负担。妈妈说只要不生病身体能种田，她的两亩茶园和承包的地就不让我们操心。

我心感悟，这就是母爱的伟大，我要把妈妈的嘱咐当作工作的信条和动力。

心灵 寄语

母爱的伟大在于她不求回报，无私奉献。在对子女的培养和抚育上，她只是一味地付出，她唯一的目的就是看见孩子们一个个地长大，一个个地成家，一个个地延续香火……这就是母亲终生的期盼，正是这，才驱使子女们继续前行！

一起看夕阳

吴万夫

这是发生在美国洛杉矶的一个真实的故事。

一天，两位老人离开旅游团，相携着到山崖上看夕阳。夕阳无限好，橘红的霞光点燃了西天的云絮，犹如一场缤纷而下的太阳雨溅落在山石草木上，跳动着灿烂无比的光芒。两位老人站在崖边，如醉如痴地欣赏着美景。突然，她感到有一个东西往下坠落。她下意识里伸手一拽，拽住的正是她失足的丈夫。

她拽住他的衣领，拼命往上提拉，但无论怎么努力，都无济于事。他悬在山崖上也不敢随意动弹，否则两人都会同时摔落谷底，粉身碎骨。

她拽着他实在有些支撑不住了。她的手麻木了，胳膊又肿又胀，仿佛随时都会和身子断裂。她知道她瘦弱的胳膊禁受不住他太沉的身子。她只能用牙齿死死咬住他的衣领，坚持到最后一刻。她期望有人猝然出现使他们绝处逢生！

他悬空在山崖上，等于把生命之符钉在鬼门关上。在这日薄西山的傍晚，有谁还会来到山崖上注意到他们这一幕呢？他说："放下我吧，亲爱的……"

她紧紧咬住牙关无法开口，只能用眼神示意他不要吱声。

一分钟过去了。

两分钟过去了。

十分钟过去了。

冥冥中，他感到有热热黏黏的液体滴落在他的脸上。他敏感地意识到血是从她的嘴巴里流出来的，似乎还带着一种咸咸的腥腥的味道。他又一次央求她道："亲爱的，放下我吧！有你这片心意就足够了，面对死亡，我不会埋怨你的……"

一小时过去了。

两小时过去了。

他感到有大颗大颗热热的液体，吧嗒吧嗒滴落在他的脸上。他知道她的七窍在出血。他肝肠寸断却又无可奈何。他知道她在用一颗坚毅的心，和死神对峙，对抗，争夺。他突然感悟到生命的分量此时此刻显得无比沉重。死神正鹰鹫一样拍打着玄色的翅膀，向他长唳而来，俯冲，袭击，一不小心，生命就会被包埋在蚕茧里终止了。

不知过了多长时间，旅游团的人们举着火炬找到山崖上救下了他们。

她在洛杉矶的一家医院里住了好长时间。那件事发生后，她的牙齿整个都脱落了，人再没有站起来过。他每天用轮椅推着她，走在街上，去看夕阳。

他说："当初你干吗拼命救下我这个糟老头子呢？亲爱的，你看你的牙齿……"

她喃喃道："亲爱的，我知道我当时一松口，那么失去的就是一生的幸福……"

他推着她向夕阳走去。人们都看着他俩融在夕阳里成为美丽的一景。

心灵寄语

两个人坐在山顶一同看夕阳，这是多么浪漫的事，然而这种浪漫险些让他们用一生作交换。在生与死的关头，他们不离不弃，山崖见证了他们的爱情，死亡考验了他们的坚强，只要有爱，什么人间奇迹都可以创造。

被人相信是一种幸福

李培东

一艘货轮在烟波浩渺的大西洋上行驶。一个在船尾搞勤杂的黑人小孩儿不慎掉进了波涛滚滚的大西洋。孩子大喊救命，无奈风大浪急，船上的人谁也没有听见，他眼睁睁地看着货轮托着浪花越来越远……

求生的本能使孩子在冰冷的水里拼命地游，他用全身的力气挥动着瘦小的双臂，努力使头伸出水面，睁大眼睛盯着轮船远去的方向。

船长终于发现那黑人孩子失踪了，当他断定孩子是掉进海里后，下令返航，回去找。这时，有人规劝："这么长时间了，就是没有被淹死，也让鲨鱼吃了……"船长犹豫了一下，还是决定回去找。又有人说："为一个黑奴孩子，值得吗？"船长大喝一声："住嘴！"

终于，在那孩子就要沉下去的最后一刻，船长赶到了，救起了孩子。

当孩子苏醒过来，跪在地上感谢船长的救命之恩时，船长扶起孩子问："孩子，你怎么能坚持这么长时间？"

孩子回答："我知道你会来救我的，一定会的！"

"你怎么知道我一定会来救你的？"

"因为我知道您是那样的人！"

听到这里，船长扑通一声跪在黑人孩子面前，泪流满面："孩子，不是我救了你，而是你救了我呀！我为我在那一刻的犹豫而耻辱……"

一个人能被他人相信是一种幸福。他人在绝望时想起你，相信你会给予拯救更是一种幸福。

心灵 寄语

这位黑人孩子凭着自己顽强的毅力和执着的信念重新获得了生命，在他重获生命的同时也使船长的心灵得到了升华。一个人能够帮助别人是幸福的，一个人能够被人相信也是幸福的，我们应该珍惜这份来之不易的幸福，积极乐观的去面对生活。

吊在井桶里的苹果

丁立梅

爱和被爱是从两面感受太阳的温暖。

有一句话讲，女儿是父亲前世的情人。说的是做女儿的，特别亲父亲。而做父亲的，特别疼女儿。但那讲的应该是女儿家小时候的事。

我小时候，也亲父亲。不但亲，还崇拜，把父亲当成举世无双的英雄一样崇拜。那个时候的口头禅是，我爸怎样怎样。仿佛拥有了那个爸，一下子就很了不得似的。

母亲还曾"嫉妒"过我对父亲的那种亲。一日下雨，一家人坐着，父亲在修整二胡，母亲在纳鞋底，就闲聊到我长大后的事。母亲问，长大有钱了买好东西给谁吃？我几乎不假思索脱口而出，给爸吃。母亲又问，那妈妈呢？我指着在一旁玩儿的小弟弟对母亲说，让他给你买去。哪知小弟弟是跟着我走的，也嚷着说要买给爸吃。母亲的脸就挂不住了，继而竟抹起泪来，说白养了我这个女儿。父亲在一边讪笑，说孩子懂啥。但语气里却透着说不出的得意。

待到我真的长大了，却与父亲疏远了。每次回家，跟母亲有唠不完的家长里短，一些私密的话，也只愿跟母亲说。而跟父亲，却是三言两语就冷了场。他不善于表达，我亦不耐烦去问他什么。无论什么事情，问问母亲就可以了。

我也有礼物带回，却少有父亲的。都是给母亲的，衣服或者吃的。感觉上，父亲是不要装扮的，永远一身灰色或白色的衬衫，蓝色的裤子。偶尔有那么一次，我的学校里开运动会，每个老师发一件白色T恤。因我极少穿T恤，就挑一件男式的，本想给爱人穿的，但爱人嫌大，也不喜欢那质地。回母亲家时，我就随手把它塞进包里面，带给父亲。

我永远忘不了父亲接衣时的惊喜，那是猝然间遭遇的意外呀。他脸上先是惊愕，而后拿着衣服的手开始颤抖，不知怎样摆弄才好。笑半天才平静下来，问，怎么想到给爸买衣裳的？

原来父亲一直是落寞的呀，我忽略他太久太久。

这之后，父亲的话明显多起来，乐呵呵的，穿着我带给他的那件T恤。三天两头打电话给我，闲闲地说些话，然后好像是不经意地说一句，有空多回家看看哪。

暑假到来时，又接到父亲的电话，父亲在电话里很兴奋地说，家里的苹果树结很多苹果了，你最喜欢吃苹果的，回家吃吧，保你吃个够。我当时正接了一批杂志约稿在手上写，心不在焉地回他，好哇，有空我会回去的。父亲"哦"一声，兴奋的语调立即低了下去，是失望了。父亲说，那，记得早点儿回来呀。我"嗯啊"地答应着，把电话挂了。

一晃近半个月过去了，我完全忘了答应父亲回家的事。一日深夜，姐姐突然来电话，姐姐问，爸说你回家的，怎么一直没回来？我问，有什么事吗？姐姐说，也没什么事，就是爸一直在等你回家吃苹果呢。

我在电话里就笑了，我说爸也真是的，街上不是有苹果卖吗？姐姐说，那不一样，爸特地挑了几十个大苹果，留给你。怕坏掉，就用井桶吊着，天天放井里面给凉着呢。

心被什么东西猛地撞击了一下，只重复说，爸也真是的，再也说不出其他话来。井桶里吊着的何止是苹果，那是一个老父亲对女儿沉甸甸的爱呀。

心灵 寄语

父亲的爱是沉甸甸的，像是那放在井桶里的苹果，甜甜的。父亲给予我们的太多太多，我们给予父亲的太少太少，哪怕是一点点，也让父亲激动不已，难道我们不觉得惭愧吗，多抽出点儿时间吧，陪父母聊聊，这就是父母唯一的要求。

爱神与死亡

在死神面前，有的人不是被病死而是被吓死，在死神与爱神的争夺中，女孩儿以奇特的方式，鼓励着男友，终于战胜了病魔，这是爱情的力量。这种力量能让困难吓倒，能让病魔低头。

鱼眼里的爱情

周长鲲

一次特别的机会，她回到了曾经生活过的那个小城。

第一次与男友吃饭——哦，不，是前男友了——是在一家淡水鱼餐馆。

那时，她刚大学毕业，很矜持，话很少，只低着头笑。

一条鱼，一条叫不出名字的鱼，是那天饭桌上的唯一荤菜。鱼身未动，男友先搛起鱼眼放到她面前："喜欢吃鱼眼吗？"

她不喜欢，而且她也从来不吃鱼眼，但却不忍拒绝，羞涩地点了点头。

男友告诉她，他很喜欢吃鱼眼，小时候家里每次吃鱼，奶奶都把鱼眼搛给他吃，说鱼眼可以明目，小孩儿吃了心里亮堂。可奶奶死了后，再也没有人把鱼眼搛给他了。

其实想想鱼眼也并没有什么好吃的。男友笑着说，只是从小被奶奶娇宠惯了，每次吃鱼，鱼眼都要归我——以后，就归你了，让我也宠宠你。男友深深地凝视着她。

她想不明白，为什么鱼眼就代表着宠爱。明不明白无所谓，反正以后只要吃鱼，男友必会把鱼眼搛给她，再无限怜爱地看着她吃。

　　慢慢地，她习惯了，习惯了每次吃鱼之前都娇娇地翘起小嘴等着男友把鱼眼搛给她。

　　分手，是在一个寒冷的冬天。那时男友已在市区买下了一所房子打算结婚了。她哭着说她不能，不能在这个小城市过一生，她要的生活不是如此。余下的话她没有说——因为她美貌，因为她富有才华，她不甘心在这个小城市待一辈子，做个小小的公务员。她要如男人一样成功，要做女强人，要实现她年少时的梦想。

　　他送她走时，她连头都没有回一下，走得很坚决。

　　在外面拼搏多年，她的梦想终于实现了，她已经拥有一家像模像样的公司了，可爱情始终以一种寂寞的姿态存在，她发现自己再也爱不上谁了。

　　这么多年在外，每有宴席必有鱼，可再也没人把鱼眼搛给她了。她常常在散席离开时回头看一眼满桌的狼藉，与鱼眼对视。

　　一次特别的机会，她回到了曾经生活过的那个小城。昔日的男友已经为人夫了，她应邀去那所原本属于她的房子里吃晚餐。他的妻子做了一条鱼，他张罗着让她吃鱼，搛起一大块细白的鱼肉放到她的碟子里，鱼眼给了他的妻子。

　　这么多年无论多苦多累都没有掉过眼泪的她，忽然就哭了。

心灵 寄语

　　也许鱼眼并没有鱼肉好吃，也许它也并不像人们所说的那样可以明目，但男友的这份爱，让人心明眼亮，因为这种爱，仅仅属于你。就像是一条鱼仅有一双眼睛一样，当你放弃这份爱的时候，你也永远看不到鱼眼里的爱情了。

细微处的朋友情

佚 名

曾经有一位患过癌症的朋友向我聊起他治病和康复的事。朋友是个豪爽的人，年轻时上山下乡，身体很是强壮。插队时，他结交了不少朋友，后来，回到了城市，再也没有机会与那帮朋友喝酒聊天。很多年来，他一直想找个机会去当年插队的地方看看，可终究因为这样那样的原因而耽搁了。

那天朋友的单位组织体检，已经五十多岁的他被查出来患有癌症，不过病情相对稳定。最初的治疗日子很是难熬。经过一段时间的化疗后，他强烈地想到当年插队的地方看看。他想也许这是最后的机会了。他终于打电话把这个想法告诉那里的朋友，他们非常热情地款待了他，陪他把整个城市转遍了。可是，到了最后，就是没有安排他去当年插队的那个乡。朋友们找了一大堆理由搪塞他，直到回家的时间到了，他有些失望地离开了那里。

直到两三年后，他的病情基本稳定，开始静心疗养时，一天，他和那个城市的朋友打电话说起上次的事，他们才把谜底揭开。朋友告诉他，正是知道他是为了却心愿来的，就故意没有安排他回当年插队的那个乡去，"如果安排你去了，不就等于替你了却凤愿了吗？不行，我们就是想让你继续有这个念想儿！"他听着听着，流泪了。

我的心里也是一热，不难想象，在他到达当年插队的城市前，他的朋友们一定曾热烈地讨论过，计划过，要如何带他去玩儿，可一定有一个细心人，提出不能让他了却心愿的想法。如果他真的去了那个度过青春的村子，定然会触景伤情，会在心理上有时日不多的暗示，在病痛最严重时他也许会放弃希望和努力——朋友之情多见于细微之处。

心灵 寄语

真正的朋友，他会时时为你着想，因为这种友情是天长地久积累起来的。真正的朋友，在你患难的时候，他会第一个来到你身边，处处为你着想，那种剪不断的朋友情，是人间真情，令人永生难忘。

爱神与死亡

矫友田

　　有一对感情甚笃的恋人，当他俩正在幸福地忙碌着筹备婚礼时，男孩儿意外地被检查出患有胸腔外部肿瘤。这是一个令人无法面对的残酷的事实，死亡正向着他的生命逼近。那是一个阴雨霏霏的下午，男孩儿痛苦地思考了许久，终于鼓足勇气对身旁的女孩儿说："现在，我俩还是分手吧……"女孩儿却坚决地朝他摇了摇头。

　　沉默了一会儿，女孩儿忽然微笑着问男孩儿："你说世上有没有爱神存在呢？"

　　男孩儿看着她那近似幼稚的神情，苦涩地笑着摇了摇头。

　　女孩儿却异常自信地说："我想一定有！爱神一定会庇佑我们的爱情。"说完，女孩儿从衣兜里掏出一枚一元的硬币，捧在手里；然后，她虔诚地闭上眼睛对男孩儿说："我跟爱神许五个愿，如果它同意，就让硬币的正面朝上。"

　　当女孩儿许下第一个愿，把那个硬币撒在男孩儿病床旁的桌面上时，果然正面朝上。女孩儿激动地对男孩儿说："你看，爱神已经答应我的第一个心愿了！"女孩儿又连扔了四次，每一次的结果都是正面朝上。男孩儿激动得热泪盈眠，他紧紧地抱住了女孩儿……

后来，男孩儿被确诊为良性肿瘤，手术进行得也很顺利，不久，他便恢复了健康。

在他俩的婚礼上，男孩儿幸福地吻了一下女孩儿的面颊，轻声说："我们应该感谢爱神的庇佑。"女孩儿却把一枚攥得温热的一元硬币递到男孩儿的手里，原来它是由两枚背对背的硬币紧紧黏合而成的！男孩儿把那一枚特殊的硬币贴在胸口上，声音哽咽地告诉女孩儿："其实，你在我面前许愿的那一刻，我就已经知道你拿着的是一枚特殊的硬币。但也就是从那一刻起，我才知道世上真的有爱神存在，她就在我们俩滚热的心里！"

心灵 寄语

在死神面前，有的人不是被病死而是被吓死，在死神与爱神的争夺中，女孩儿以奇特的方式，鼓励着男友，终于战胜了病魔，这是爱情的力量。这种力量能让困难吓倒，能让病魔低头。

最喜欢的一片面包

忆 莲

　　一对夫妇庆祝结婚50周年。他们的子孙和亲朋好友在礼堂为他们开了个盛大的庆祝会。参加完庆祝会之后，老夫妇带着疲惫的身体和满心的愉悦回到祥和宁静的家中。他们整天都带着兴奋的心情忙着与朋友交谈，所以一直都没吃什么食物。因此，他们决定在睡前喝杯咖啡，吃些自制的面包和奶油。他们坐在厨房餐桌前，老先生拿出一条新鲜的面包，切下尾端递给结婚50年的老伴儿。老太太一时之间怒火大发。

　　她对老先生吼道："50年来，你总是将面包的尾端切给我，我受够了，你一点儿也不关心我的喜好！"老太太的怒气一发不可收拾，这都起因于一片面包。老先生坐在一旁，对自己所听到的抱怨惊讶不已。老太太终于止怒后，老先生小声地对她说："亲爱的，我最喜欢的就是这一片。"

心灵寄语

　　尽管老先生50年来始终把自己喜欢的面包片留给老妻，然而老妻却错怪了他50年。生活中就是这样，也许你付出很多，别人根本不知道，那又有何妨，只要你用心去做了，这就足够了。

无言的爱

佚 名

父亲不懂得怎样表达爱，使我们一家人融洽相处的是妈妈。父亲只是每天上班下班，而妈妈则把我们做过的错事开列清单，然后由他来责骂我们。

有一次我偷了一块糖果，他要我把它送回去，告诉卖糖的说是我偷来的，说我愿意替他拆箱卸货作为赔偿。但妈妈却明白我只是个孩子。

我在运动场荡秋千跌断了腿，在前往医院途中一直抱着我的，是妈妈。父亲把汽车停在急诊室门口，医院工作人员叫他驶开，说那空位是留给紧急车辆停放的。父亲听了便叫嚷道："你以为这是什么车？旅游车？"

在我的生日会上，父亲总是显得有点儿不大相称。他只是忙于吹气球，布置餐桌，做杂务。把插着蜡烛的蛋糕推过来让我吹的，是妈妈。

我翻阅相册时，人们总是问："你爸爸是什么样子的？"天晓得！他老是忙着替别人拍照。妈妈和我笑容可掬地一起拍的照片，多得不可胜数。

我记得妈妈有一次叫他教我骑自行车。我叫他别放手，但他却说是应该放手的时候了。我摔倒之后，妈妈跑过来扶我，爸爸却挥手要她走开。我当时生气极了，决心要给他点儿颜色看。于是我马上再爬上自行车，而且自己骑给他看。他只是微笑。

　　我念大学时，所有的家信都是妈妈写的。他除了寄支票以外，还寄过一封短柬给我，说因为我没有在草坪上踢足球了，所以他的草坪长得很美。

　　每次我打电话回家，他似乎都想跟我说话，但结果总是说："我叫你妈来听。"

　　我结婚时，掉眼泪的是我妈妈。他只是大声擤了一下鼻子，便走出房间。我从小到大都听他说："你到哪里去？什么时候回家？汽车有没有汽油？不，不准去。"

　　父亲完全不知道怎样表达爱。除非……会不会是他已经表达了而我却未能察觉？

心灵 寄语

　　男人与女人表达爱的方式不同，他们善于用行动，而不善于言辞，因为他们是男人。爱有多种，很多爱虽然你看不到，但是当你用心去观察，你会发现那种父爱是不可替代的，它是无私的，虽然有时是严厉的，这种爱让人永远难忘。

巫师的预言

冷 柏

　　玛雅是一位美丽的古罗马姑娘，她的心上人雅诺维却爱上了别人。那位阿芙瑞丝姑娘野性迷人，而且家中有成堆的珠宝和成群的奴隶。玛雅忧愁、哭泣，却怎么也比不过阿芙瑞丝，年轻的她为爱而憔悴。

　　城市里来了一位巫师赫尔娥，被妒嫉灼伤的玛雅恳求她："灵验的巫师，请你让阿芙瑞丝死去，这样雅诺维就会重回我的身边。"

　　赫尔娥瞪大了眼睛："我只是个普通的巫师，只会帮人占卜未来。""那么……"玛雅急切地说，"那么快帮我占卜一下吧，看看我的愿望能否实现。"

　　赫尔娥默默拿出一个骨制的东西，把玛雅的手放了上去，她不停地念着咒语……最后用颤抖的声音说："你的愿望会得到实现，你的情敌阿芙瑞丝将会死在你的面前。"

　　玛雅高兴地跳了起来，赫尔娥却接着说："可是，你仍然无法得到你的爱情。"玛雅沉默良久，"即使得不到，看到情敌死去也会给我带来快乐。"赫尔娥边离开边摇头，"你不会快乐的，那一天来临时你会懂得很多……"

　　从此玛雅热切地盼望，从此她什么也不做，一心期待那快乐的日子早日来临。日日夜夜，她的心都被深深的妒恨所折磨。

那是一个盛夏的午后，玛雅正躲在窗边凝视雅诺维和阿芙瑞丝携手走过。突然，一阵巨大的震动使人们扑倒在地，空气竟然变得像火一样灼热。滚烫的石块从天而降，城市里一片恐惧和疯狂。玛雅心碎地叫喊起来——火红的液体已从街的那端狂涌而来，就在玛雅的眼前淹没了阿芙瑞丝！

那一刻终于来临了！巫师可怕的预言变成了现实！可就像赫尔娥所说，玛雅没有感到一丝一毫的快乐。她看着美丽的阿芙瑞丝化成了灰烬，看着英俊的雅诺维痛苦地死去……她的情敌消失了，她的爱情也消失了，所有的妒嫉和仇恨终究化为烟云。

玛雅绝望地哭泣起来。在痛苦的窒息中，她后悔没有好好把握活着的日子；在最后的模糊意识里，她终于悲哀地彻悟：妒与恨都是人生中最可怕的负累……

心灵寄语

人应该有一颗善良的心，要善待你身边的人。当你得不到你想要的东西，就应该学着放弃，因为那不属于你。即使你得到了，你也不会快乐，因为它是残缺不全的。当你勉强弄到手，你会发现，你所要的东西并不是你的最爱。

爱 之 壳

冯俊杰

  他是父亲。可是一想起调皮的儿子就火大，他常常在妻子面前，满脸厌恶地说："瞎扯，我一点儿都不喜欢这小子。他害我走神儿摔了腿，还恶作剧地打我的头，把我最心疼的茶花踩个稀烂……"他滔滔不绝。

  但是妻子含情脉脉地看着他。他被看得发毛。

  "你盯着我看什么？"他问。

  "你说完了吗？"妻子问。

  "完了。"他说。

  妻子转身，微笑说："我每次回娘家，都对我妈讲你的不好。我总对我妈说，都怪你，让我嫁给一个又老又丑的人，而且他的脾气也不好，也不温柔体贴……"

  她没有看着他，却说了一句他一辈子也忘不了的话："可是，当我说这些话的时候，我又恨不得马上回到你的身边。"

  他的手紧紧地握住她的手。窗户外面，那调皮到家的小男孩儿，又踩了他最心爱的茶花。他仍然板着脸冲外面叫骂了一声，回过头却使劲偷笑，他觉得他是世界上最幸福的父亲。

你瞧，真爱总是喜欢穿上一件迷惑人的外衣，有时候是抱怨的，有时候是凶巴巴的，有时候是不耐烦的。

但是我们可千万别误解了它呀！

心灵 寄语

父亲对子女的爱是纯真的，虽然嘴上不说爱，但心里却是爱。不要因为家长无休止的唠叨就认为他们不爱你了，爱有时也需要掩饰，因为他们怕过分的流露出来，会娇惯孩子。

大爱无私

宛 彤

　　男孩儿与他的妹妹相依为命。父母早逝，他是她唯一的亲人。所以男孩儿爱妹妹胜过爱自己。

　　然而灾难再一次降临在这两个不幸的孩子身上。妹妹染上了重病，需要输血。但医院的血液太昂贵，男孩儿没有钱支付任何费用，尽管医院已免去了手术的费用。但是不输血又不行，不输血妹妹就会死去。

　　作为妹妹唯一的亲人，男孩儿的血型与妹妹相符。医生问男孩儿是否勇敢，是否有勇气承受抽血时的疼痛。

　　男孩儿稍一犹豫，10岁的大脑经过一番深思熟虑，终于点了点头，郑重而又严肃地点头，仿佛做出了一个极其重大的决定，脸上洋溢着勇敢的神情。

　　抽血时，男孩儿安静地不发出一丝声响，只是向邻床上的妹妹微笑。抽血后，男孩儿躺在床上一动不动，目不转睛地看着医生将血液注入妹妹体内。手术完毕后，男孩儿停止了微笑，声音颤抖地问："医生，我还能活多长时间？"

　　医生正想笑男孩儿的无知，但转念间又被男孩儿的勇敢震撼了：在男孩儿10岁的大脑中，他认为输血会失去生命，但他仍然肯输血给妹妹。

在那一瞬间，男孩儿所做出的决定付出了一生的勇敢并下定了死亡的决心。

医生的手心渗出了汗，他握紧了男孩儿的手说："放心吧，你不会死的。输血不会丢掉生命。"

男孩儿眼中放出了光彩："真的？那我还能活多少年？"

医生微笑着，充满爱心："你能活到100岁，小伙子，你很健康！"

男孩儿从床上跳到地上，高兴得又蹦又跳。他在地上转了几圈确认自己真的没事时，就又挽起了胳膊——刚才被抽血的胳膊，昂起头，郑重其事地对医生说："那就把我的血抽一半给妹妹吧，我们两个每人活50年！"

所有的人都被震惊，这不是孩子无心的承诺，这是人类最无私最纯真的诺言。

同别人平分生命，即使亲如父子，恩爱如夫妻，又有几人能如此快乐、如此坦诚、如此心甘情愿地说出并做到呢？

所有的人，是的，包括医生，包括护士，包括其他的病人，还包括在尘世间日益麻木并且冷漠的我们都被深深感动了。

心灵寄语

虽然他以为输血能死人，虽然他还是个孩子，但在生与死的抉择上，哥哥勇敢地选择了死亡，他准备用自己的生命换来妹妹的生命，这是一种无私的爱，他的勇敢精神让人震撼，也许连我们大人都难以做到，愿人间到处都充满爱，愿那些孤儿都能得到亲情。

爱的语言

佚 名

一个可爱的孩子走了，他是溺水走的。他出门的时候，对母亲说要到同学家复习功课。谁知他出门后，就永远没有回来。

那天，他和同学做完了功课，没有回家吃饭，而是在河边玩耍，却不知为何掉入了河中。等到有人发现时，他们已在静静的河里躺了很久了。一切都晚了，孩子被打捞上来，发现他紧紧地抓着同学的手，他的父亲用了很大的劲儿也无法将他们分开。

记者来了，注意到了这个细节，判定孩子是为救同学才死的，因为他拉着同学的手。这是一件十分感人的事。报纸第二天就刊出这则新闻。在很短的时间内，全县的人都知道了这个可敬的小男孩儿的名字。不久，学校授予他"优秀少先队员"的称号。许多人自发地到男孩儿的家中慰问，送去了他们的心意。还有那位同学的父母，更是在男孩儿的父母面前痛哭，他们说咱孩子对不起这男孩儿，更对不起你们。同样是父母，他们除了承受丧子之痛，还要承受良心上的不安。

这对男孩儿的父母是一种安慰。但是，他们却时刻在怀疑，他们认为孩子不会去救人，因为，孩子从小就很怕水，也不会游泳，他不会冒险跳入河中救同学。他们想知道孩子是如何死的。

带着疑问，他们找到了一位目击妇女，妇女回忆说，那天她在摘桑叶，看到两个孩子在采桑葚，河边有一株野桑上结满了果实，她看到一个孩子把身子伸向河中，另一个孩子用手拉着他。过了一会儿，她发现两个孩子不见了，她以为他们离去了。

男孩儿的父母在河边找到了那株桑树，果然桑树上结满了果实，在树干上，有一个十分明显的断枝痕迹。

男孩儿的父母什么都明白了：他的孩子并没有在水中救同学，而是一起掉下去的。

他们先到男孩儿的同学家里，向他的父母说明真相，然后又到报社说他们的报道错了。这种做法受到了各种阻力，包括他们的亲属。

但是，他们固执地一次又一次往报社和学校跑，请求公布孩子溺水的真相。他们说，他们不想让孩子在九泉之下有愧。

他们的努力终于实现了，他们用自己的方式，用一颗晶莹剔透的心灵告诉我们怎样去爱孩子，即使他们永远不再回来。

心灵 寄语

男孩儿家长的诚实让人感动，也许他们不说出真相，别人永远不会知道，但是他的良心将始终受到谴责。让我们人人都用一颗坦诚的心，对待身边所有的人。坦诚是为人之本。

爱是一个动词

罗　西

　　在国航4·15空难中，一对韩国夫妇幸运地躲过一劫。坐在14A座的太太被倒挂在座位上，安全带卡住了她，苏醒后她发现坐在14B座的丈夫还活着，便艰难地帮助丈夫解开安全带。丈夫终于解脱下来了，但他右臂断了，无法帮助心爱的太太解开安全带。这时，飞机残骸随时都会发生爆炸，太太焦急万分，先生说："我永远和你在一起！"他不愿一个人离开求生。这时太太问："你会爱吗？一起死没有任何意义！"在她的劝说下，丈夫才咬着牙依靠左臂爬下了飞机，寻找到了救援人员，交代清楚后，自己便晕了过去……后来，他们两个人都得救了。

　　旅德摄影家王小慧女士，丈夫在陪她外出举办作品展时，不幸遇车祸去世。当时，她也受重伤，被"固定"在病床上，她流着泪在一张宣纸上吻了100个唇印，送丈夫入土，悲痛欲绝。后来，王女士对身边照顾她的护士说："我很后悔过去没有更会爱他。"曾经她只享受着被爱，知道自己也爱他，却没有"更会爱他"，这种痛一直陪伴她到现在，并成为她心灵的一部分。

　　很多时候，我们自己觉得被爱或正爱着，但只停留于一种爱的状态里，而不懂得去经营爱，以为有爱就可以了，而忘了怎么去爱。爱是要去做的，而不单单是用以显示的。一位打扮体面的老太太在电视镜头前，一脸幸福地回忆她的前夫，一个已和她离婚三十多年的男人。她说，他是一个很会爱的绅士，每次她穿裙子，绅士都会跪下一条腿为她拉裙角……非常体贴。虽然离婚了，但她一点儿也不恨他，因为他是一个会爱的人，所以她可以原谅他的一切。

这位老太太总结说：一个人最可怜的是，没被人爱过或爱过别人，而关键是，要会爱。肤浅的爱是用皱纹记忆的，而智慧的爱是用血记忆的。爱在心？在口？在手？在细节？也许都是，重要的是，你要把它当作一个动词。

心灵 寄语

爱不只是要用语言，而要付之于行动。一个只会说爱而不会用行动去爱的人，它是不会给人带来幸福的，因为爱的真谛在于付出。只有学会爱的人，才会被人所爱。

帘后青春

周华诚

　　"我本不是村里的人，"秀老师默想了好久后说道，"那时，我17岁，高中毕业来姑姑家玩儿。我不大出门，有时跟姑姑到溪里洗两件衣服，大多数时候在窗后读书。

　　"淡淡印着碎花的帘子，垂在窗内，被晚风拂得荡漾如水。

　　"我的窗子对着的一片土豆地里，常能看见三五个人在劳动。有时在读书空隙，一抬头，就可以见到几个光着膀子锄草的男人。一天早上，我推开窗子，忽然发现开工的人群中多了好些新鲜的面孔。他们是知识青年，上山下乡来了，那群黝黑的背脊间，一个单薄的身影在阳光下白得晃眼——他真瘦。

　　"后来我便天天寻找他的身影。我没见过他的面孔，却在心里觉得他可亲，看着舒服。我于是天天看，天天看。有时他不在这块地里，我就站在窗前，远远近近地寻他，像追蝶一样。

　　"我变得羞怯了，要姑姑给我的房间装起了帘子。我特意挑了那种有蝴蝶花样的。帘子打开后，稻香和青草气息漫进来，帘子被风吹得飘摇不定，我的心神也飘摇不宁。"秀老师的语速，极其悠缓。

"突然有一天，那男孩儿跑到姑姑家门口来了，我手忙脚乱地跑去开门，一句话也说不出，只是呆呆地瞪着他。他也呆了，嘴巴动了半天，才吐出一个字：'锹。'我回过神儿来，脸上火热，把锹借给他，回身就跑进房，坐在帘子下。

"一个夏天过去了，那男孩儿的背脊也晒得黑里透红了，但我仍然可以一眼找到他。我在帘子下绣着手帕，盼着有一天，他跑来讨碗水喝，我可以掏出这手帕，给他擦汗……"

微微天光里，秀老师停顿了好久，我们看不清她脸上的表情。

"后来家里接到通知，我也得下乡修地球。那手帕还揣在我的兜里。通过爸爸的努力，我挑选了这地方，一个月后，我卷着铺盖来了，谁知道，他却走了。

"我不相信他真的走了，跑去问知青点的人，他们说，是呀，走了一批，分到其他农场去了，我连他的名字都不知道！

"回来后我哭了一场，就在那个帘子下。后来我跑到窗外那片土豆地里，扒拉了半脸盆泥巴回来。我想，这泥里面，肯定有他落下的汗水呢。

"再后来我就待在这块土地上不走了。我留在这里做了老师，教娃娃们念书。踩在这地上，他好像就还在我的身边。"

秀老师结束了她的故事。窗外清冷的月光洒进窗棂，帘子上的影子婆娑地印在了竹床边，影影绰绰正是那蝴蝶的图案。

阿寻终于忍不住，说："那后来，你一直……没有……意中人吗？"——秀老师一辈子没结婚。

月光下，秀老师银白的头发朦胧如轻雾，她说："我，不是一直都有吗？"

那一夜，我的梦里都是窗帘，洁白轻薄如蝉翼。有风，从古吹到今。

心灵寄语

　　一份埋藏在心里的爱，虽然没有结果，但它很珍贵，爱的种子就撒在她脚下的土里了，她用一生守在这里，盼望着种子发芽。有的时候人就是那么执着，执着得让人觉得有点儿傻，但她活得很真实，没有后悔，只有回忆。

生死爱情

　　父亲的爱是无微不至的，他用全身心去呵护脆弱的母亲，而他就这样匆匆地离去，就像是蜡烛一样，燃烧了自己，照亮了别人。珍惜所拥有的一切，不要让遗憾填补你心灵的空缺。

放弃和拥有

佚 名

一个打鱼的人，在大海里捕到了一只海龟。

他把它抱回了家。

他把它放在自己的床上，同它说着温情脉脉的话。晚上，他给它盖上崭新的被子，让它享受他给予它的温情。他还把最香最甜的美味食品端到它面前，让它品尝。

然而，海龟不吃不喝也不动，它只是泪流满面。

"你为什么哭呢？你知道，我是多么爱你呀！"渔夫说。

"可是我的心在大海里，那儿有我的家，有我的孩子，我的快乐在那里。你放我回去吧！"海龟说。然而渔夫舍不得放弃它，因为他爱它。

过了许久许久，看着心爱的海龟日渐憔悴，渔夫的心也冷了，他决定放它回到大海。"你这冷酷的海龟，我几乎把我的整个心都交给了你，然而却得不到你一丝一毫的爱。现在，我成全你，你走吧。"

海龟慢慢爬走了。渔夫哭了。

一年后的一天，渔夫正在午睡，忽听门外有敲门声，他出门一看，是一年前放走了的那只海龟。"你回来做什么？""来看看你。""你已经得到了你的幸福，何必再来看我呢？"渔夫问。"我的幸福是你给的。我忘不了你。"海龟说。"唉！你去吧！只要你能幸福就行了，以后再不必来看我了！"渔夫伤感地说。

海龟依依不舍地走了。然而，一个月后，它又来了。"你又来了？""又来了。""为什么？""我忘不了你。""唉！这是怎么一回事呢？当我企图永远占有你时，我却丝毫无法打动你；当我放弃你时，我却拥有了你。"渔夫说。

心灵 寄语

生活中也同样如此，不该你拥有的就要学会放弃，当你放弃的时候，也许你会有意外的收获，不要把爱强加于别人，因为爱是不可以勉强的。

她 饿 着

邹扶澜

　　著名高能物理学家袁家骝2003年2月在北京协和医院病逝。逝世前的一段日子，他的大脑陷入了一种迷乱的状态。一天，医务人员给他喂食，他推开她的手，喃喃地但却很清楚地说了一句："我不饿，健雄饿着。"身边的医务人员听了，都愣住了，但随即都默默地含泪走了出去。他说这个叫"健雄"的人是他的妻子，已于6年前离开了人世。她在他身边陪伴了60年。

　　在妻子离开他的这些年里，在纽约的家里，袁先生始终保持着妻子摆放的家具不动；在江苏太仓，他和妻子亲手种植了一棵"姐妹树"，如今已是根深叶茂。他每年总要回去几次，每次都久久地站在树前，默念着妻子的名字，潸然泪下。同行的人说，回去后的很长一段时间里，他总是特别的消沉，神思恍惚。

　　看到这些，我们有足够的理由相信，世界上有一种爱情，它的至高表现不需要语言，如果有，那就是在迷乱失忆的时候，用最朴实自然的话说一句："我不饿，健雄饿着。"

心灵 寄语

　　他们相伴了60个年头儿，他们共同种下了爱的树木，树木根深叶茂，因为是爱浇灌了它，他在迷迷糊糊之中，呼唤着爱妻的名字，他分明是在呼唤曾经失去的爱。

母爱的"传呼"

曹政军

世界上有一种最美丽的声音，那便是母亲的呼唤。

一日，我接到一位远在广东的朋友打来的电话，他以无比悔恨的心情告诉我一个发生在他身上的故事：

有一年除夕，在外奔波的他关了手机，只开了呼机。午夜，忽然接到一个传呼留言："独在异乡为异客，生意第二，身体第一。祝春节愉快。王小姐。"在这阖家团圆之时，漂泊在外的他接到这样一个传呼，心里感到特别温暖。他开始猜想是谁打来的，可想来想去也没想出能有哪个姓王的异性朋友会为自己在此刻打来这样一个特别的传呼。

按理说这是一个平常的传呼，可在除夕之夜就有些特殊了。他开始翻通信录，但翻来翻去仍没有想出那个王小姐是谁。于是他决定，凡是姓王的异性朋友，不管年龄大小，都打个电话过去，一旦找到这个人，以后自然要高看一眼。无奈朋友的电话打了一个又一个，却没有一个人说给他打过这个传呼。朋友也够犟的，把电话打到传呼台请求帮助查询，仍没有查到。朋友只好作罢。但临睡前他的传呼又响了，还是那句留言，还是那个王小姐打来的。良言一句三分暖，朋友顿时感到心里热乎乎的，刚才还被异乡的孤独纠缠着的阴郁心情一下子变成了无比的灿烂。当时朋友正准备与一家大公司谈一笔很大的业务，这笔生意直接决定着他今后的发展壮大之路。由于朋友心情愉快信心倍增，这笔生意很顺利地就谈成功了。当他急于想把成功的喜讯告诉远在西北的家人时，电话那头的亲人早已泣不成声。原来除夕之夜母亲的心脏病间歇性发作，送进医院后家人要打电话叫他坐飞机回来，却被母亲劝住了，理由是："儿子马上就要谈判，不能影响他的事业。"弥留之际的母亲用残喘的声音给他打了两个传呼，打完传呼后母亲就在痛苦中闭上了眼睛。

朋友把故事讲到这里时，在电话那头已是语气哽咽："传呼台的小姐把'女士'误写为'小姐'，而我查遍了通讯录，就是没有想到我母亲也姓王。我母亲也曾美丽过，也有过被人称为'小姐'的青春岁月，但我却从没有想到这一点。现在我后悔自己没在母亲病危时见上她一面，没有对她说一声'母亲，在我心目中您最美'。但一切已经来不及了。"

放下电话，我陷入了沉思。在这个喧闹、追求时尚的时代，我们越来越刻意关注自己伴侣的美丽。可有谁又曾想过自己的母亲也曾年轻美丽过，更有谁又曾静下心来体味过饱经沧桑的母亲对子女们厚实凝重的爱——无论何时何处，无论何处何地。

心灵 寄语

人在异国他乡常会思念家乡，尤其是每逢佳节倍思亲，但是你曾想过年迈的老人的心情会是怎样的吗？他们多么期盼着一家人能在一起吃团圆饭哪，常回家看看，不要给自己留下一生的遗憾。

因为你，我才在这里

忆 莲

斯旺小姐离开后，学校用了两个月才为那个班级找到一位新的代课老师。贝蒂·瑞在牧师的陪同下来到教室，与那些貌似天使的学生见了面。贝蒂小姐刚刚搬迁到这座城市，因此，她还没有听说过他们那专门撵走老师的恶习。看到她身上穿的那件粉红色的衣服，尺寸比她应该穿的尺寸要小一个号，还有她那一头乱糟糟的、有些发白的金发，学生们立即感觉出她是一个容易欺骗的老师。于是，一场赌局很快就产生了，他们赌的是贝蒂小姐能在这里待多久。

贝蒂小姐首先作了自我介绍，声明她最近刚从南方搬到这儿来。当她在她随身带来的那个大肩包里搜索着寻找什么东西的时候，房间里发出了"嘻嘻"的窃笑声。

"你们中间有谁出过这个州？"她用友好的腔调问道，几只手举了起来。"有谁到过500英里以外的地方？"窃笑声慢慢低了下来，一只手举了起来。"有谁出过国？"没有一只手举起来。沉默的少年们感到迷惑了——这些有什么相干呢？

终于，贝蒂小姐在包里找到了她要找的东西。她那只瘦骨嶙峋的手从包里拉出一只长管子，打开来，原来是一幅世界地图。

"你那包里还有什么东西？午餐？"有人大声问道。贝蒂轻笑着回答："待会儿和你们一起吃饼干。""真酷。"瑞克嘲弄地说。然后，她用留着长指甲的手指指着一块不规则的陆地："我就是在这里出生的。"她用手指敲着地图说，"我在这里一直长到你们这么大。"每个人都伸长了脖子去看那是什么地方。"那是德克萨斯州吗？"坐在后面的一个学生问道。"没有那么近，这里是印度。"她的眼睛闪烁着喜悦的光芒。

"你怎么会在那里出生呢？"

贝蒂大声笑起来："我的父母在那里工作，我出生的时候我的母亲就在那儿。"

"真酷！"瑞克身子仰靠在椅背上说。

贝蒂又把手伸进她的包里搜索起来。这一次，她拿出一些有些发皱的图片，还有一罐巧克力碎饼干。他们传看着那些图片，每个人都很好奇。他们一边吃着饼干，一边研究那些图片，然后神色茫然地从图片上抬起头来。"在这个世界上，每个人都能帮助其他人。"贝蒂小姐说。

时间在她讲述那些发生在遥远国度里的故事、那里的人们怎样、他们怎样生活的时候不知不觉地溜走。"哇，这简直像看电视一样令人兴奋！"一个小女孩儿告诉她。贝蒂小姐每周星期天来给他们上课，她把她的课融入到了他们的日常生活中，告诉那些十几岁的青少年怎样才能使生活变得更有意义。一个星期天又一个星期天过去了，学生们越来越喜欢她，包括她那有些发白的金发以及她身上所有的东西。

贝蒂小姐在那所学校里教了20年。虽然她一直没有结婚，也没有自己的孩子，但是由于她教了两代孩子，小镇上的人们逐渐把她看成是所有孩子的代母亲。最后，她的头发变成了灰色，她的嘴角和眼角的皱纹也越来越多，她的手由于衰老开始发抖。她常常会收到她以前的学生寄来的信，他们中间有医生，有

科学家，有家庭主妇，有商人，有许多还是老师。

一天，她打开信箱，取出一个蓝色信封。她看到信封的右上角贴着一张极为熟悉的外国邮票，信封的左上角写着一个男孩儿的名字，这个男孩儿就是许多年前，她在那所学校所教的第一期学生里的一个。她记得他过去一直喜欢吃她的饼干，而且对她的课似乎也特别感兴趣。一幅图片从信封里滑落下来，掉在她的膝盖上。她的目光落在那张照片上，仍然可以看见那个十几岁孩子的影子。那里是印度的德里市。照片上的他正和其他去那里救援地震受害者的志愿者一起站在瓦砾中间，照片上写着："因为你，我现在才会在这里。"

怎样的人生才有意义呢？每个人都会思索这个人生命题。当阅读《因为你，我才在这里》后，或许你已经找到了答案。

心灵 寄语

故事唤起了我童年的回忆，我又仿佛看到了我的班主任，她那花白的头发，略微弯曲的身躯，久久地在我眼前晃动，她还好吗？我真想她。如果时间可以倒流，如果让我重新选择职业，我选择做教师。

支撑活下去的友情

佚 名

　　德诺10岁那年因为输血不幸染上了艾滋病。伙伴们全都躲着他，只有大他4岁的艾迪依旧像以前一样跟他玩耍。离德诺家的后院不远，有一条通往大海的小河，河边开满了五颜六色的花朵，艾迪告诉德诺，把这些花草熬成汤，说不定能治他的病。

　　德诺喝了艾迪煮的汤，身体并不好转，谁也不知道他还能活多久。艾迪的妈妈再也不让艾迪去找德诺了，她怕一家人都染上这可怕的病毒。但这并不能阻止两个孩子的友情。一个偶然的机会，艾迪在杂志上看见一个消息，说新奥尔良的费医生找到了能治疗艾滋病的植物，这让他兴奋不已。于是，在一个月明星稀的夜晚，他带着德诺，悄悄地踏上了去新奥尔良的路。

　　他们是沿着那条小河出发的。艾迪用木板和轮胎做了一个很结实的船，他们躺在小船上，听见流水哗哗的声响，看见满天闪烁的星星，艾迪告诉德诺，到了新奥尔良，找到费医生，他就可以像别人一样快乐地生活了。

　　不知漂了多远，船进水了，孩子们不得不改搭顺路汽车。为了省钱，他们晚上就睡在随身带的帐篷里。德诺咳得很厉害，从家里带的药也快吃完了。这天夜里，德诺冷得直发颤，他用微弱的声音告诉艾迪，他梦见200亿年前的宇宙了，星星的光是那么暗那么黑，他一个人待在那里，找不到回来的路。艾迪把自己的球鞋塞到德诺的手上："以后睡觉，就抱着我的鞋，想想艾迪的臭鞋还在你手上，艾迪肯定就在附近。"

孩子们身上的钱差不多用完了，可离新奥尔良还有三天三夜的路。德诺的身体越来越弱，艾迪不得不放弃了计划，带着德诺又回到了家乡。不久，德诺就住进了医院。艾迪依旧常常去病房看他，两个好朋友在一起时病房便充满了快乐。他们有时还会合伙玩儿装死游戏吓医院的护士，看见护士们上当的样子，两个人都忍不住大笑。艾迪给那家杂志写了信，希望他们能帮忙找到费医生，结果却杳无音讯。

秋天的一天下午，德诺的妈妈上街去买东西了，艾迪在病房陪着德诺，夕阳照着德诺瘦弱苍白的脸，艾迪问他想不想再玩儿装死的游戏，德诺点点头。然而这回，德诺却没有在医生为他摸脉时忽然睁眼笑起来，他真的死了。

那天，艾迪陪着德诺的妈妈回家。两人一路无语，直到分手的时候，艾迪才抽泣着说："我很难过，没能为德诺找到治病的药。"

德诺的妈妈泪如泉涌："不，艾迪，你找到了。"她紧紧地搂着艾迪，"德诺一生最大的病其实是孤独，而你给了他快乐，给了他友情，他一直为有你这个朋友而满足……"

三天后，德诺静静地躺在了长满青草的地下，双手抱着艾迪穿过的那只球鞋。

心灵 寄语

　　14岁的孩子用他那童真的友情，金子般的心，陪伴着身患艾滋病的伙伴走完了生命的历程，有谁不为之感动。这是连成年人都难以做到的，让全社会的人都来关心艾滋病病人，因为他们很多人是无辜的，他们本不应该继续受到伤害。

他注册了儿子的名字

张 翔

父亲的爱就如同阳光照亮海岸一般照亮孩子的眼睛。

认识蒂文和他的儿子是在沙加缅度,那时,我在加州留学,有空的时候,我常去36街拜访我定居加州的姐姐。蒂文和他的儿子是姐姐的邻居。我是在一次午饭过后看到蒂文和他的儿子的,那时他正在房前的空地上教儿子学自行车。

我一眼便看到了他的儿子,眼神从惊讶滑落到怜悯。因为他的儿子是一个残疾人,孩子的头是扭曲的,向后弯着,几乎贴在了左肩上,脸部的肌肉紧绷着,显得有些吃力。

我问身旁的姐姐关于他们的情况,姐姐只是轻描淡写地说:"天生的,没什么,他父亲对他很好。"我分不清这话是淡漠还是赞赏,或者是一种麻木。只是觉得姐姐的回答是如此"习以为常"的轻松,是我所感到意外的,因为姐姐向来是一个很有同情心的人。我想一个再好的父亲大概也抵挡不了这与生俱来的创伤吧。

我用一种怜悯而忧郁的目光注视着这个年幼的背影,只是在孩子一个转身的片刻,我的目光遭遇了他的眼神。他看着我,眼睛中是那种饱含童真的晶莹剔透的蓝，宛如夏威夷阳光下的一弯海水。他还调皮地冲我眨了一下眼睛，如波光闪动。那是一种健康而幸福的眼神，这是我意料之外的，因为我在国内所见过的残疾人，眼睛总不可避免地隐含着伤痛、自卑，甚至嫉恨。

我走过去，认识了这父子俩。蒂文请我去他家做客，我答应了。

在第二个休假日，我捧着一束鲜花去拜访了他们。小蒂文已经学会了骑自行车，轻松而自然，乐此不疲。他刚把我迎进家门，就跑出去骑车了。

我走进大门的时候，吃惊地看到他们客厅的墙上居然挂着一幅大照片，这个人不是什么总统政要，也不是那些歌星影星，居然是写《时间简史》的史蒂芬·威廉姆·霍金——和小蒂文一样有残疾症状的英国科学家。

蒂文看出了我的惊诧，于是解释说："小蒂文以前总是很自卑和困惑于自己的长相，同学们也常常取笑他，有时，他连学校都不想去了，成绩糟透了。于是我找来了霍金的照片。我告诉他，他长得像霍金，只要努力学习，以后也能像霍金一样成为科学家……后来，他学习很努力，成绩棒极了，同学们都很崇拜他，喜欢他，也就不再嘲笑他了……"

讲到这里，蒂文拉着我到了小蒂文的房间，一进房门，我看到了正对门的那面墙上，居然挂满了装裱好的商业标识证书。

"这是什么？"我搞不明白了。

"你仔细看！"

我走近一看，上面居然是用"福勒·蒂文"的名字注册的商业标识，各种行业的，居然有十八种之多。

"我注册了小蒂文的名字，我相信他会成名的，当然最重要的是让他自己也相信。每当他感觉到困难或痛苦的时候，我们就鼓励他，说困难是必须的经历，我们都坚信他以后能成功，能成为名人，会有很多人要抢着注册他的名字，在各种商品上……然后他就会慢慢地振作起来，继续努力，他每天都能看到这些标识，每天都充满着对生活的信心……"

　　我几乎惊讶得合不上嘴，居然有这样的一个父亲，将自己的未成人的儿子的名字早早地注册了。而他只是用这样一种方式来鼓励自己的孩子去勇敢面对挫折，充满信心地面对生活。

　　我终于明白，姐姐为什么如此轻松地回答我的问题了，也终于明白小蒂文的眼神为什么会如此的晶莹剔透而没有丝毫阴影了。因为他拥有着一个深爱他的父亲，而父亲的爱就如同阳光照亮海岸一般照亮孩子的眼睛。

　　小蒂文回来了，一头扑到了蒂文的怀里，两父子拥吻着，幸福地对视着。从小蒂文湛蓝的眼睛中，我能够看出，父亲已经将爱注册在了他的心里，一生一世。

心灵寄语

　　再没有人能比父亲更了解和信任自己的孩子。一个身体有残疾的人，他能够坦荡地面对人生，是难能可贵的。父亲给了他爱，教会了他如何面对人生，教会他什么是坚强。我想，在不久的将来，一定会有很多人抢着注册他的名字。

大漠之恋

瑞 雪

她是个很有才情的女人，有自己的事业、生活及精辟的人生哲学。

他倾慕她很久了，为了她，他不抽烟不喝酒，开始听一些她爱听的音乐，看一些她爱看的书，也学着做她爱吃的小菜；为了她，他甚至放弃了出国任职的机会。可是她对他的追求始终不冷不淡着。

一次他出差去埃及，询问她要不要同去，她原打算去埃及玩儿的，就答应了同行。

在那个充满神奇的国度，他们骑着同一头骆驼，在金字塔前端详狮身人面像，她坐在前面，靠在他的怀里，他半搂着她的腰，下巴轻搭在她的头发上。两人就这样看夕阳在大漠慢慢落下，将天际染成最为壮丽的红色。她动了动，将身在他胸前挤了挤，梦呓般地说："谢谢！"

他身子震了震：他送给她最大颗的钻石，最通透的玉器，她没有说谢谢；他请她去最高档的饭店，吃最名贵的菜，她没有说谢谢；在巴黎，给她买最幽雅的香水最新潮的衣服，她也没有说谢谢；可就在落日大漠里，靠在他的怀里，她那么由衷地感谢他。

一句谢谢，顿时让他明白爱之所在。

爱不是金钱、地位，不是荣耀、容颜，不是外在的表象、刻意的迎合，是长相守莫相忘，是风中的同一件衣服，雨中的同一把伞，是贫贱中的同一碗汤，富贵中的同一颗心，是大漠中同骑一头骆驼，同看夕阳落下……

原来相爱可以如此简单，他感觉嘴角咸咸的，把脸贴紧她的头发，抱紧了她。

心灵寄语

爱说复杂也复杂，说简单也简单，复杂得让你必须全身心地投入，简单得只需你付出真心。其实每个人对爱的需求不同，当你真正地爱一个人时，你会发现所有的钻石，所有的玉器对你来说都不重要，你只需要他对你的真心，这才是最宝贵的。

并不完美的选择

千 萍

有一群生活在冰天雪地里的企鹅，他们每天都迈着优雅从容的绅士步，愉快地过着日子。

他们当中有一只企鹅叫康康，那是所有企鹅当中最优秀者之一，它深深地爱着他们当中的另一只企鹅喃喃。在企鹅群里有个规矩：求婚者必须找一些石头给被求婚者，以便为以后共同的日子建造温暖的家而使用。

像所有准备求婚的企鹅一样，康康千辛万苦地奔波着，去寻找石头。他经过长途跋涉，丢下一块又一块自己觉得不满意的石头，正当康康累得筋疲力尽时，终于找到了一枚最精致、最光洁的石头，这可是他千挑万选以后觉得最满意的一枚，他认为只有这一枚，才配得上喃喃。

可是，喃喃最后却和另一只企鹅结婚了。那只企鹅，一直跟在康康后面，当康康把所有他认为不好的石头扔掉时，那只企鹅就会把那些石头都捡起来，然后送给喃喃。这些石头虽然很粗糙而且也不完美，但是很多，堆得满满的，于是喃喃便答应嫁给他。

康康一直不明白：喃喃一直都是喜欢自己的呀，平时玩儿得很好，可为什么喃喃会作出这种选择？

时间过得非常快，转眼三年过去了，在这期间，康康和喃喃谁也没理过谁，直到有一天，喃喃才找康康把当初不嫁给他的原因告诉他："其实我一直很爱你，可是我却嫁给了他……因为他送了我好多石头，而那些石头都是你丢掉的，你知道吗？"

"我们生活在冰天雪地里，如果没有足够的石头做窝孵卵，我们的后代在出生之前就会被冰层冻死……你送我的那一枚石子儿好美，晶莹剔透的，可是那是爱情。单纯的爱情支撑不了长久的婚姻和对儿女的责任……"

心灵 寄语

这个故事告诉我们一个浅显的道理：在现实生活中人们追求现实，讲求实际。对于一个连饭都吃不上的人，你送给他再多的贵重衣服也不如请他吃顿饱饭，因为他需要吃饱饭，就像是企鹅，它需要用许多的石头垒房子，而不是一块石头做摆设，因为那不能抵御风寒。

生死爱情

鲁茹

　　妈妈嫁给爸爸时，爸爸还只有19岁。家中有一张黑白照片，是我父母唯一的合影。照片上，妈妈如花般地微笑着，这使本不漂亮的她也焕发出一种光彩。父亲穿着军装，带着一种快乐而忧郁的表情，尽管我无法理解，但这表情却总让我十分感动。

　　妈妈患的是遗传性心脏病。在她家，每代人中都有吃着饭、睡着觉、走着路时毫无先兆地猝然死去的。所以她嫁得这么早！但她从没有告诉过父亲，因为无论如何，父亲也会娶她的，她不想让他担心，只想使他快乐。

　　父亲也就装着不知道，虽然妈妈可能只剩下几年的生命，但他们过得很幸福。父亲当时在武装部城外一个废置的仓库上班，班上只有三个人，所以每星期每人只能回家两天。但父亲却要与妈妈用这两天时间尽量共享他们一生的快乐。

　　我不知道他们每次是怎么离别的，我想那场面一定让人肝肠寸断——父亲要装着毫不知情般的泰然，妈妈却一定是久久地望着他的背影，不肯眨眼，害怕这就是最后的诀别。就在那年，妈妈冒险地要了我，可能希望我成为她死后对父

的慰藉。

父亲很少给妈妈买头巾、零食这些小玩意儿，他用另一种方式来表达他的爱。每年暑假，我都被寄放在奶奶家，他坚持与妈妈按照他们相识时的愿望每年出行两次。父亲长得高瘦，每到江山如画处，他就用那有些瘦弱的肩膀，拥着他的妻子，极目高山流水。我总难以想象，父亲明明知道，无论何时何地，车船旅行时或到一个风景奇绝处，他的妻子随时可能猝然死去，那时举目无亲、千里归葬，他怎么还能那样的言笑从容？那又该是怎样的一种心理压力？那时候父亲的工资才只有36元7角，他的生活很清苦。他也许祈祷过出现奇迹，但最后的一天还是来临了。

那是他们婚后的第6年，父亲正在仓库值班，用炉子热他的午饭，还有白水煮萝卜，菜里还没放盐。这时传达室的同志匆匆走出门，远远地喊："小鲁，你妻子单位的电话。"然后，他看到父亲猛地一下跳了起来，把他也吓了一跳，却见父亲脸刷地白了一下，朝前面奔了两步，像要抢过一根生命之线，拉住一只要抽去的手，却忽然倒地，再也没有站起。那个同事说，父亲迈出的，一共不到十步。

妈妈哭着赶来时，父亲的身体已经冷了，年轻的脸上分明写着他当时所有的担心、恐惧与绝望。他双眼还不甘心地睁着，炉子上的萝卜已经凉了，屋里只有一张帆布床，妈妈流着泪合上他的双眼，又数了数那清汤萝卜上面的油星，一共只有11滴。

妈妈说："鲁，我负你一世！"然后，医生告诉妈妈，父亲死于心力衰竭。

多年以后，妈妈给我讲这段故事时，没有流泪。那时她的生命已经走到了尽头，我握着她的手，沉浸在对父亲的缅怀中，甚至忘了哭泣。

生命中原本就有不朽的东西，它静静地流淌着，犹如远方的音乐。

心灵 寄语

　　父亲的爱是无微不至的，他用全身心去呵护脆弱的母亲，而他就这样匆匆地离去，就像是蜡烛一样，燃烧了自己，照亮了别人。珍惜所拥有的一切，不要让遗憾填补你心灵的空缺。

鸽 子

岳 强

　　一个家境和相貌都不出众的青年，爱上了邻居的独生女儿，而那个姑娘是小区首屈一指的美人。青年很痛苦，他不知道怎样才能挫败众多情敌，赢得姑娘的芳心。有时夜里从梦中惊醒，他喃喃地叫着姑娘的名字，手脚冰凉——他梦见心爱的姑娘成了别人的新娘。

　　父亲看出了青年的心思，温和地笑笑，把他带到院子里。整洁的庭院中，几只鸽子正在阳光下觅食。青年和他的父亲坐在古槐树下，轻声细语地谈着天。这时，一只鸽子飞过来，落在父亲的胳膊上。父亲不动声色，依旧娓娓地说着话。起初，鸽子惊魂不定地东张西望，不一会儿，就安静下来。父亲漫不经心地伸出另一只手，轻而易举地将鸽子捉在了手里。他意味深长地看了青年一眼，将鸽子放飞。

　　过了一会，又有一只鸽子落在父亲粗壮的胳膊上。这回刚刚落下，他就迫不及待地伸手去捉。结果，受到惊吓的鸽子一下子飞走了。父亲说："只有耐心能够帮助你成功，你懂这个道理了吗？"青年点了点头。

　　从此，青年不再愁眉苦脸，他把心思全都用在读书和写作上，文章一篇接一篇地发表，渐渐地，他成了远近闻名的人物。对邻家心爱的姑娘，他不刻意去献殷勤，只是在她空闲的时候，他才把自己读到的和想出来的故事讲给她听。日子一久，姑娘对那些虚伪的求爱表演厌倦了，却对青年的好学和才华格外倾心起来，后来她发觉，自己已离不开他和他的故事了。

心灵寄语

　　年轻人虽然家境贫困相貌平平，但是他拥有才华又好学上进，这种财富是精神财富，远远地超过了物质财富。在现实社会，人们崇尚内涵，不崇尚外表，因为它华而不实。

友谊不上锁

马国福

上了锁的友谊准会生锈哇！

我和军是从小一起玩儿泥巴长大的朋友。大学毕业后两个人在同一城市里工作。军经常来我家玩儿，我把门上的钥匙给了他一把，我的家几乎成了军的家，军对我家的情况了如指掌。我有了女朋友之后军还是我家的常客。有一天女朋友那枚金戒指丢了，那是我们的订婚戒指，翻遍了整个屋子都没有找到。我问军是否见到了那枚戒指，军说没有，还帮我们找了半天。军走后女友怀疑是军所为，我说军不是那种人，女友说这段时间除了军再也没有外人来过。一星期过去了，戒指仍不见踪影。女友要求换锁，我不同意。她说我眼里只有军，没有她，便提出分手。

我只得换锁，换锁时军来找我，我很不好意思，军主动把钥匙交给了我，他说："为难你了。"听了军的话我羞愧难当，便拿起锤子砸新锁，被军劝住了，他说："完全没有必要砸，换就换吧，只要友谊不上锁。"我们会心地笑了。后来，有一次梳妆台下的水池堵塞，修理时我在水池管道中找到了那枚戒指，我想戒指是女友洗脸时不慎掉入池中的。我顿时明白，军对我的信任要远远高于一枚戒指，在友谊面前，一枚戒指算得了什么？

前年我借钱开了一家酒店，刚开业那段时间生意很冷清，几乎要关门。但我发现每天晚上总要有个人来买几瓶很昂贵的酒，买完酒从来不在店里喝，提上就走。我问是何故，他说酒不是他买的，而是站在门口的那个人叫他买的，夜幕中我看清了站在门外的那个人的模样，是军！当时我感动得热泪盈眶，我冲出门外和军紧紧地抱在了一起……

朋友不是在你成功时送你鲜花的那个人，而是垫在你脚下让你不断攀登的一块基石；朋友不是雨天你打的那把伞，而是将你头顶上的雨分成两半的人；朋友不是门上那把只许自己进出的锁，而是给你更多阳光空气的窗。

友谊不上锁！上了锁的友谊准会生锈哇！

心灵寄语

身边有这样的朋友，太荣幸了。我想，朋友，就像你的另一只手，当你遇到困难的时候，他会马上伸出那只手来帮你，他是不需要你回报的，你快乐他也快乐，你悲伤他也悲伤。

真情故事

敬 启

　　本书的编选参阅了一些期刊报纸和著作的文字以及图片，由于多种原因我们未能与部分入选文章和图片的作者（或译者）联系。敬请原作者（或译者）见到本书后，及时与我们联系，我们将按国家有关规定支付稿酬并赠送样书。

编 委 会

邮箱：chengchengtushu@sina.com